LES CONTRE-FEUX DE L'AMOUR

Titre original : *Love's cross-currents*.

© Éditions de la Différence, 1976.

A.C. SWINBURNE

LES CONTRE-FEUX DE L'AMOUR

DE L'AMOUR

ROMAN TRADUIT DE L'ANGLAIS
PAR ODILE DE LALAIN
ET PRÉFACÉ PAR DOMINIQUE AURY

LITTÉRATURE

ÉDITIONS DE LA DIFFÉRENCE

PRÉFACE

Certaines œuvres sont des pierres de foudre : d'abord trainée de feu dans un ciel calme, ce qu'il en subsiste est un noir rocher inentamable ; on y touche avec crainte, l'énigme qu'il pose l'apparente pour toujours à des espaces inconnus. Les Contre-Feux de l'Amour, *seule œuvre en prose que Swinburne ait achevée et qui ait été publiée de son vivant, figure assez bien l'un de ces météorites, étranger à l'époque, étranger même, semble-t-il, à l'auteur. C'était en pleine ère victorienne, où régnaient avec Victoria et son cher Albert le moralisme plutôt que la morale, le sentimentalisme plutôt que le sentiment. On ne lisait pas les mauvais livres, on ne fréquentait pas les mauvaises femmes, ou bien l'on s'en cachait. Comme jamais avant et jamais après le monde victorien fit de l'hypocrisie, non sans grandeur, la première de toutes les vertus. Mais ce n'est pas si simple. Faut-il croire que la tyrannie sociale est bénéfique aux écrivains ? Wordsworth, Swinburne, Coleridge, pour ne citer que les poètes les plus grands, ont été universellement acclamés, Tennyson fut poète-lauréat, et le seul méconnu fut Blake. Cette hypocrite société n'était donc pas si aveugle. Comment s'arrangea-*

7

t-elle pour s'approprier le génie, pour le garder victorieusement en otage ? Elle n'exigeait après tout qu'une apparence, que tous bon gré mal gré lui accordèrent, Wordsworth en faisant silence sur une jeunesse orageuse, Swinburne en changeant de vie à quarante-deux ans : de la débauche à la respectabilité banlieusarde, conte moral. Ceux qui ne parvenaient pas à se conformer (ou bien en souffraient trop) devinrent fous : Lamb, Coleridge. Mais l'exemple de Swinburne est saisissant. Voilà un homme célèbre à vingt-huit ans, célèbre d'un seul coup, pour un premier et prodigieux poème dramatique, Atalanta in Calydon. Suivirent Poems and Ballads et Songs in Sunrise. La somptuosité baroque de sa langue poétique, l'incroyable puissance de rythme et d'incantation de ses strophes donnent au lecteur le plus prévenu ce frisson physique dont on a dit qu'il marquait le passage du dieu, qu'il était le signe irrécusable de la présence de la poésie. Atalanta in Calydon parut en 1865. En 1862, Swinburne avait achevé, et mis dans un tiroir Love's cross-currents, qui ne vit le jour qu'en 1877, et tomba ensuite dans l'oubli, à mesure que le malheureux Swinburne, séquestré pour son bien par un « ami » dans une affreuse petite maison de Putney, perdait à la fois ses pouvoirs et sa réputation. Quatre ans avant sa mort en 1909 il en fit paraître une seconde édition, dédiée à son geôlier bien-aimé. Mais le mystère n'est pas dans ces délais et reprises, il est dans la nature même des œuvres en cause : produites par le même homme et dans la même période de sa vie, avant les trente ans fatidiques, au plus haut de son génie créateur, elles ne se touchent par aucun point. Le roman précède de trois ans le poème dramatique. L'écriture vive et sèche, incisive, et en quelque sorte féroce, écriture au burin plus qu'à l'eau-forte, n'a rien de

8

commun avec l'opulence charnelle de l'écriture du poème — ni le thème du roman avec les thèmes des poèmes, à moins de voir dans le personnage essentiel du roman, la vieille Lady Midhurst, une première incarnation, toute-puissante et funeste, de la meurtrière Artémis, qui fait naître et mourir, Artémis impitoyable et tendre, Artémis chasseresse qui règne sur le désir et la mort. Encore est-ce douteux. Artémis comble l'amour par les délices de la mort, Lady Midhurst ne tue personne : elle tue le bonheur d'aimer. Nullement par morale ou par méchanceté : pour que soient respectées les convenances, pour que son petit-fils ne risque pas d'être « mis au ban de la société », condamné, s'il enlève une femme mariée, à aller traîner sa vie dans les villes d'eaux de France ou d'Italie. Où donc Swinburne a-t-il rencontré le modèle d'un pareil tyran ? Par sa lucidité, sa désinvolture, son absence totale de sens moral, Lady Midhurst est une survivante de l'époque Regency comme Mme de Merteuil et Valmont sont des survivants de l'époque des Roués. Tout se passe comme si Swinburne et Laclos étaient nostalgiques du monde qui les avait immédiatement précédés, le monde de leurs pères. Aussi Les Contre-Feux de l'Amour et Les Liaisons Dangereuses font tache à l'époque où ils apparaissent. On comprend que Swinburne ait attendu d'avoir l'autorité d'une gloire bien établie pour permettre à ce brûlot de voir le jour. Mais comment l'homme des poèmes peut-il être en même temps l'homme du roman ? Tant d'effusion, d'enthousiasme et de désespoir d'un côté, tant de lucide sécheresse de l'autre. Le plus simple est qu'il y avait sans doute deux Swinburne en Swinburne, le poète fou de mythes grecs, et le lecteur de Sade et de Laclos. Sûrement ils ne se parlaient pas. Le premier s'est étouffé lentement sous la

9

suie de Putney, le second a tenté de revivre sa jeunesse, et sa furieuse éducation à coups de fouet — Sade avant d'avoir lu Sade — dans l'histoire de Lesbia Brandon, qu'il n'a pas achevée. Dans une brève préface à l'édition de 1905 des Contre-Feux de l'Amour, qui s'était d'abord intitulé Une année de correspondance, Swinburne défend la forme passée de mode du roman par lettres — compromis entre récit et théâtre — en se référant à Richardson et à Laclos, et même aux premiers essais de Walter Scott. C'était inutile, car il y est parfaitement à l'aise, autant que dans le monde qu'il fait renaître, monde aristocratique et fermé qui était le sien de naissance, déjà détruit, et dont nous ne saurons jamais s'il s'en était volontairement échappé, ni pourquoi. On l'a reconnu dans le personnage de Reginald, et l'on a aussi reconnu — référence préraphaélite tout à fait inattendue — la femme de Rossetti, qui fut le modèle de la Demoiselle Elue, penchée aux balcons du ciel, dans celui de la douce Amicia. Quelques-uns ou quelques parties des personnages du roman ont probablement en effet existé, mais il est évident qu'ils ne sont pas là pour eux-mêmes ; ils ont été utilisés pour donner corps à un songe, à un cauchemar, à un rêve éveillé — rêve de puissance, rêve de revanche, dont l'instrument est la plus rare héroïne qui fut jamais, en un temps où toutes les héroïnes étaient jeunes : une femme qui approche la soixantaine. Elle a en main toutes les cartes et les joue sans pitié, chantage compris. L'histoire enchevêtrée avec soin et avec soin désembrouillée se déroule dans la précision, le quasi-silence et l'infaillibilité des rêves, grâce à elle. Qui est-elle, le Diable, le Destin (avec majuscules) ? ou plus simplement l'ombre d'une aïeule qui terrifia jadis un enfant ? Swinburne nous laisse à trouver la clef, que *nous ne trouverons pas — et peu importe. Un chef-d'œuvre n'a pas besoin de clef.*

DOMINIQUE AURY

›

LES CONTRE-FEUX DE L'AMOUR

*Premier et unique roman achevé de l'auteur écrit vers
1862-1876.*

Lady Midhurst
née Helena Cheyne
(avait deux frères)

Grande dame et ancienne beauté. Vit à ASHTON HILDRED chez sa fille et le second mari de celle-ci. Adore ses petits-enfants et déteste ses neveux.

tante de
Edmund, lord Cheyne

Héritier du titre et de la fortune ; habitant le seigneurial LIDCOMBE ; époux de sa jeune cousine Amicia.

grand'mère de
Reginald Harewood

Jeune fou de vingt ans. Renvoyé d'Oxford il réside à PLESSEY chez un père maussade.

et de
Amicia, lady Cheyne

Demi-sœur de Reginald élevée à ASHTON HILDRED sous les yeux de sa grand-mère ; mariée par elle à son cousin Edmund, châtelaine de LIDCOMBE.

tante aussi de
Clara Radworth
née Cheyne

Epouse d'un jeune savant peu attrayant, Ernest Radworth, de BLOCKHAM ; sœur de Francis.

et de
Francis Cheyne

Charmant jeune homme romantique sans patrimoine, en train de terminer ses études à Oxford. Cadet de Clara.

UNE ANNÉE DE CORRESPONDANCE

Ashton Hildred, 11 janvier 1861

Ma chère Clara,

Je viens vous demander une faveur que vous êtes bien la seule au monde à pouvoir m'accorder. Il n'est pas question de moi, je me hâte de le dire, je n'irais à aucun prix vous déranger pour la vieille tante agaçante que je suis, tante à laquelle vous devez bien peu et qui n'a aucunement le droit de vous impatienter par des étalages d'autorité. Vous avez probablement oublié le temps où nous formions une paire d'amies, lorsque vous n'étiez encore qu'un tout petit personnage. Quand je tentais alors de vous cajoler pour vous persuader de faire la paix avec votre frère après quelque querelle enfantine, c'était un échec lamentable. Pour obtenir quoi que ce soit de vous il fallait parler raison. Je m'expliquerai donc en tenant compte de cette expérience.

Voilà une pompeuse entrée en matière, alors qu'il va être simplement question de notre famille : mon désir est de susciter un rapprochement entre nous tous — et plus particulièrement de voir l'amitié s'établir entre votre cousine Amicia et vous. Vous

17

n'espérez tout de même pas persuader à une vieille femme (pas tout à fait sénile) qu'il n'a pas régné une certaine fraîcheur, pour ne pas parler de froideur, entre vous autres et ceux de Lidcombe depuis quelque temps. Certes, depuis la mort de mon pauvre frère, cette maison n'offre plus aux yeux de M. Radworth les mêmes attraits qu'autrefois lorsque s'y réunissaient savants et philanthropes, et tout porte à croire que vous avez supplanté Lidcombe en attirant, de plusieurs lieues à la ronde, les beaux esprits de la province. J'entends vanter votre réussite de tous côtés : voir votre époux de plus en plus apprécié doit vous être bien doux. Je vous envie une telle société, sans parler du bonheur de contempler, et de partager, les joies que M. Radworth en tire. (Sa vue, je l'espère, s'améliore de jour en jour.) Que tout ceci ne vous fasse pourtant pas oublier ceux, moins heureux, dont les goûts et les intérêts diffèrent des vôtres. Il a existé une si charmante intimité entre vous et Cheyne que ce dernier, j'en suis certaine, déplore le changement ; pour Amicia, vous le savez, elle fait plus de cas de vous que d'aucune autre jeune femme. Soyez assez bonne pour prendre cette pauvre enfant en pitié : elle possède un mari charmant, passionnément désireux de lui plaire et de la distraire, mais il lui manque une compagnie. A son âge, sans amie, je n'aurais pu survivre, pas plus d'ailleurs qu'au vôtre, ma belle, si vous n'étiez devenue un tel philosophe. Les hommes ont leur utilité et leur mérite, je le reconnais, mais on ne saurait s'en contenter. Notez qu'à parler d'amie je ferais mieux de ne pas mentionner celle que j'avais alors, elle m'a joué un tour pendable, cette Lady Wells, pour l'appeler par son nom. J'ai fini par me brouiller avec elle, mais quel charme elle avait à cette époque, quelle allure brillante, c'était un être pétri de vivacité et de séduction, à mes yeux l'incarnation même de Mme de Léry dans *Un Caprice*. Avec cela l'idole d'un tas de gens de tous bords, des écrivains entre autres, car c'était une chasseresse consommée, ceux qu'elle capturait elle savait les dresser à merveille et en tirer des plaisirs sans fin, mais comme elle osait dire n'importe quoi, ces gens de plume en profitèrent pour en faire des romans. Ils la prirent au mot, virent là des exemples de ce qui se passait journellement dans une certaine coterie, se contentèrent de changer les noms et de tout écrire comme si ç'eut été parole d'Évangile. Bien avant leur publication je l'avais entendue raconter plusieurs de ces anecdotes, tout le monde y passait, si bien qu'à la fin il nous parut nécessaire, sans éclat, de rompre avec elle. S'il vous tombe jamais sous la main un vieux roman intitulé, il me semble, *Vingt et un* ou quelque chose d'approchant, (je me souviens que cela tourne autour d'une histoire de jeu), vous y trouverez un portrait de votre tante brossé par un sieur Cadwell d'après un dessin de Lady Wells. Je suis la Lady Manhurst de cette jolie histoire, qui triche aux cartes, brise le cœur d'un poète rempli de promesses (tout cela parce que je m'étais opposée à ce que Sir Thomas reçoive le dit Cadwell) ; qui envoie battre deux frères en duel et s'arrange adroitement pour que l'un d'eux soit tué. Je me fais enlever par Lord Avery, il ne me semble pas que mon mari disparaisse d'une mort naturelle, je crois même que je l'empoisonne dans l'avant-dernier chapitre. Finalement je me convertis au catholicisme, et le lendemain même de mes vœux solennels, Lord Avery, en me retrouvant sous ces dehors monastiques, perd immédiatement la raison. Espérons que j'ai fini par le repentir, mais c'est un détail qui ne m'est pas resté dans l'esprit. C'est vous dire ce qu'on pouvait faire avaler aux gens en ce temps-là ! Ce n'est pas avec la pauvre petite Amicia que vous risquez de tomber dans ce genre de *liaisons dangereuses** *. Elle n'est guère de la trempe dont on fait les lady Wells.

Il existe une raison plus grave, vous l'avez probablement deviné après ce préambule, qui me fait souhaiter votre présence auprès de ma petite fille en ce moment. C'est délicat à écrire, mais je suis sûre que, sur place, vous verriez plus clairement les choses, et sauriez tirer vous-même vos conclusions bien mieux que je ne le puis en gribouillant et en tournant éternellement autour du pot. Je m'en remets complètement à vous, connaissant les sentiments d'affection qui vous animent, votre bon sens et votre finesse, et sachant que vous agirez avec droiture, au mieux de notre réputation. C'est beau de pouvoir s'en remettre à un membre de la famille qui a la tête sur les épaules. On trouve en abondance bons cœurs et bons sentiments mais une tête bien faite, solide, un esprit clair, voilà des bénédictions du ciel. Et il n'en faut pas moins pour nous permettre de sortir discrètement de ce petit dilemme familial.

Je crains que ne vous soit revenue à l'oreille quelque absurde rumeur concernant le dernier séjour de votre frère à Lidcombe. Les gens qui passent leur temps à voir ce qui n'existe pas, commencent à parler de la *dévotion* qu'inspire à ce dernier cette pauvre chérie d'Amicia. Je sais, bien entendu, comme vous le savez

---

* Les mots et les phrases en italique sont en français dans le texte original.

vous-même, qu'aucun incident sérieux ne risque de troubler l'union des Cheyne. Votre frère est encore un enfant (il serait manifestement mieux à sa place sur les bancs du collège) ; quant à Cheyne et à Amicia ils s'adorent, chacun peut s'en rendre compte. C'est uniquement au sujet de Frank que je me fais du souci. S'il allait se mettre cette folie en tête, il risquerait de se faire grand tort, et de causer de sérieux chagrins aux autres. J'ai été plus d'une fois témoin de ce genre de choses, ainsi que des catastrophes qui peuvent s'ensuivre. Je me demande si vous avez jamais entendu votre pauvre père parler de Mme Askew, la femme de Walter Askew, une des beautés de notre génération ? Mes deux frères en étaient fous : elle avait de ces traits purs, allongés, comme on en voit dans les tableaux, et les yeux les *mieux fendus* que j'ai jamais contemplés, d'un gris obscur, profond, à demi voilés par de lourdes paupières, et où apparaissaient de longs éclairs. Ni port ni démarche par exemple : c'est assise qu'il fallait la voir pour comprendre son pouvoir. Son mari, homme assez brillant, qui la chérissait, avait trop de légèreté et de paresse pour s'en occuper comme il aurait fallu. Bref, un certain Chetwood, fils de grands amis à moi qui habitaient alors dans le voisinage, tomba amoureux d'elle. Passa ses jours à lui courir après jusqu'à en devenir comique. Où qu'elle allât, le malheureux apparaissait sur ses talons. Étant donné la taille des pieds de la belle, il n'y avait pourtant pas lieu. Encore maintenant, je jurerais qu'il n'obtint jamais la moindre faveur ; si cette femme s'est jamais souciée de quelqu'un, ce fut de votre père. Mais Askew finit par prendre la mouche, l'autre se mit en fureur, il y eut échange d'insultes (comme c'était après un des énormes dîners que donnait mon mari, j'ai bien peur que l'alcool n'y ait joué son rôle, on les vit arriver au salon au comble de la rage, tâchant de garder une contenance malgré leurs visages encore frémissants et des yeux à faire peur), il en résulta un duel où le mari fut tué, Chetwood dut s'expatrier, les gens en firent un horrible scandale qui causa sa ruine, il mourut moins d'une année après, ayant compris l'erreur de se trouver sans le sou avant le dernier acte. Quant à elle, elle se remaria plus tard avec le Révérend Bainbridge, ce fameux prédicateur de Waterworth, vous savez bien, pendant les deux dernières années de sa vie il fréquentait assidûment chez mon cher ami le capitaine Harewood, après avoir enterré sa troisième femme. Mme A. ayant été la deuxième. Un affreux personnage à la voix grinçante comme celle d'un chat enrhumé.

Or, en admettant qu'une aventure de ce genre arrive à Francis (non que mes deux neveux risquent un jour de se couper la gorge : mais il existe tant d'autres mécomptes), c'est le genre de complications dont il pourrait se remettre très mal. Ils ont le même âge, je crois, Amy et lui, peut-être est-il légèrement son aîné. Dans ces attachements, ces intimités entre un célibataire et une jeune femme, il flotte toujours, même à défaut d'autre chose, une menace de ridicule ; et ce ridicule finit par retomber entièrement sur le plus âgé des deux. Faut-il déjà s'inquiéter, je n'en ai aucune certitude mais pour écarter l'ombre d'un scandale et à plus forte raison celle du risible, on ne se donne jamais assez de peine. La nécessité d'agir à temps n'est d'ailleurs pas vraiment comprise avant la trentaine. A supposer qu'il y ait quelque chose de vrai dans cette déplaisante rumeur, vous voyez maintenant que je suis la dernière personne capable d'intervenir. Vous m'imaginez en train d'écrire à cette pauvre enfant pour lui recommander de moins recevoir son cousin, ou sermonner Frank en l'implorant d'épargner la paix domestique de Lidcombe ! Il serait absurde de ma part d'avoir l'air de pressentir quoi que ce soit de cet ordre, ou de me trouver au fait. Une vieille volaille caquetante de mère-grand, toutes plumes dehors, courant sur ses maigres pattes autour de la basse-cour pour fuir un tel épouvantail : les gens en feraient des gorges chaudes pendant un an, et je n'ai aucunement l'intention de prêter à rire à la vue de mes cheveux blancs (mais oui, blancs).

Ou encore, m'adresser à Cheyne ? *La bonne farce*, comme dit Redgie Harewood depuis son séjour à Paris. Quelle démarche à la fois ferme et furtive employer pour engager le débat, afin d'éviter ces serpents qui sommeillent au cœur des maris ! Être un Iago doucereux et suggestif, faire entrevoir les perspectives les plus affreuses sans employer une seule fois la plate, la vulgaire affirmation... Pauvre cher Edmund, lui faire ça à lui ! Vous imaginez son ahurissement à se voir revêtu du costume d'Othello, rôle qu'il est bien incapable de concevoir, et sans même un fond de teint maure pour la couleur locale. Vous admettrez que je n'avais rien de mieux à faire que de m'adresser à vous. De plus je crois, et j'espère, que tout ceci sera inutile : votre générosité de cœur et l'affection que vous portez à votre frère vous feront m'excuser. Tout ce que je me permets de vous suggérer est d'exercer une surveillance discrète et bienveillante autour de Frank, de façon à pouvoir lui éviter ultérieurement ennuis et désespoir. Une sœur nettement plus vieille et plus expérimentée, il n'existe rien de mieux pour aider un garçon de cet âge à rester à sa place. Avec seulement cinq années de plus que lui, quelles sottises n'aurais-je pas épargnées à votre père à la même époque !

Et maintenant encore, ma chère nièce, une dernière requête : celle d'être aussi patiente que possible avec mon verbiage et mes exigences... S'il vous arrive de rencontrer cet hiver Reginald Harewood comme il y a toutes les raisons de le penser (je serais étonnée que mon petit-fils ne se rende pas à Lidcombe avant la fin du mois), puis-je vous demander de vous montrer particulièrement *indulgente* envers ce cher enfant, tellement « maltraité » (Regie dixit) par tous, en ce moment, que ce serait une vraie charité de lui montrer un peu de sympathie ? Je sais bien que le dernier épisode de sa brillante carrière à l'Université ne plaide guère en sa faveur, mais il ne manque pas d'autres garçons ayant fait pire sans pour cela s'attirer des malédictions ! Cet insupportable capitaine Harewood se conduit comme s'il était le seul au monde dont le fils ait quitté Oxford sans y avoir accompli des études transcendantes, et mis de côté, en trois ans, une somme rondelette. Mon père aurait été bien heureux de s'en tirer avec deux cents livres pour régler les dettes d'étudiant du vôtre ! Je n'arrive pas à imaginer ce que seront les parents de la prochaine génération... Nous n'étions pourtant pas tellement maussades, nous autres, et voyez ce qu'ont donné nos successeurs...

Si vous pouvez rappeler à M. Radworth, lors d'un instant de loisir entre ses travaux sans prix, la vaine existence d'une vieille femme, penserez-vous à lui transmettre mon meilleur souvenir ? et quant à vous, si vous vous êtes donné la peine de lire cette longue missive, acceptez la tendresse et les excuses de votre tante affectionnée.

HELENA MIDHURST

Blocksham, 16 janvier

Mon cher Frank,

Si tu m'avais demandé mon avis, je t'aurais conseillé de rester à Oxford pendant ces vacances, ou du moins de t'arranger pour y retourner au commencement du trimestre. Nous ne demandons, tu t'en doutes, qu'à te recevoir quand tu le désires et tu seras autrement mieux ici que dans le brouillard et la neige fondue de Londres, mais c'est ce projet de Lidcombe qui met tout en l'air. Ernest, pris entre son horreur des déplacements et son désir de revoir les collections du cher Lidcombe, est très agité et ne cesse de *papillonner* à travers la maison avec la grâce d'un coléoptère, au lieu de s'en tenir à sa toile comme il se doit d'une brave araignée domestique. As-tu vraiment envie d'aller aussi à Lidcombe ? Parce que si tu t'y rends, nous irons, dis-le-toi bien. Dans le cas où tu t'abstiendrais, il me sera facile de persuader Ernest que la nouvelle dynastie laisse le musée à l'abandon et que les collections sont tombées en poussière, choses après tout fort probables. Amicia m'a envoyé une lettre tout à fait « charmante », exactement le genre de missive qu'on attend d'elle, sans ossature, aimable, dans un style assez affecté, d'une molle condescendance — elle se félicite visiblement de sa politesse et de sa gracieuseté. J'ai vraiment envie d'aller voir ce qui se passe là-bas. On dirait que ton dernier séjour a laissé une impression inattendue, et que l'équilibre des époux s'était subtilement modifié, qu'il s'était passé je ne sais quoi, un nuage. Y a-t-il du vrai là-dedans ? Non sans doute, sans quoi je l'aurais déjà appris, ou alors ce serait décidément le mystère.

J'ai reçu une lettre saugrenue de notre tante Midhurst, vraiment elle vieillit, son esprit satirique bat la campagne, devient méchant, stupide. Quelqu'un a dû arracher sa vieille dent de vipère et elle aura perdu son venin. L'étrange c'est de penser à sa réputation d'esprit et de perspicacité, à cette fameuse connaissance de la vie dont on nous a tant rebattu les oreilles. Elle est tombée dans un mauvais style, à mi-chemin entre une *portière* parisienne et une nourrice à la Dickens. Lire ces pauvretés en se rappelant que cette femme a été autrefois célèbre pour sa conversation et sa plume, quelle chose navrante — tout comme il est navrant de regarder ce vieux visage gris et farouche (*mon museau de louve,* comme elle me l'a dit une fois) et de se souvenir qu'elle fut si belle. Des tas de gens pourtant parlent de la sérénité et de la beauté de son expression et de sa personne. Pour eux, sans doute est-elle différente : personnellement, elle m'est toujours apparue sous les traits d'une sorcière, ou de quelque oiseau de mauvais augure, avec ses yeux d'un gris verdâtre aux pupilles sanglantes.

Il est presqu'inutile de te dire à quel point tu me manques : depuis ton départ la maison est mélancolique. Ernest s'est découvert une nouvelle passion, les insectes cette fois, *il me manquait cela*. Il a rempli une pièce de ces horribles créatures. Le soir il me lit le manuscrit du nouveau traité qu'il leur consacre et qui doit paraître dans le « Bulletin des Échanges Scientifiques et Philosophiques » de la province. *C'est réjouissant !* Si l'on tient compte de ces détails, tu n'as pas entièrement tort de venir rarement ici. Ce que ta présence représente pour moi tu t'en doutes, mais c'est payer chèrement un acte de charité fraternel.

Lady Midhurst me dit aussi que l'ex-allié de ta jeunesse et mon ex-ennemi, Reginald Harewood, se trouvera à la fin du mois à Lidcombe. L'as-tu revu, depuis le ridicule de son départ d'Oxford ? La dernière fois que je l'ai rencontré, il y a un mois ou deux, à Londres, chez « Elle », il ne m'avait pas semblé particulièrement amélioré. On a beau se dire qu'ils ne sont pas entièrement responsables, et ressentir pour eux une indulgence apitoyée, ces jeunes fous sont difficiles à supporter. J'espère que tu ne vas pas renouer l'intimité stupide dans laquelle il t'avait entraîné à une époque.

Tout bien réfléchi, il nous faut accepter cette invitation, mon mari et moi. Je suis curieuse de voir ce qu'ils ont fait de cette maison. Quant à toi, sérieusement, si les gens ont été assez bêtes pour parler de « relations », je m'abstiendrais d'y reparaître. Je ne tiens pas à t'envoyer des homélies dans le genre de celles de lady M., ni essayer de faire appel à tes bons sentiments lorsqu'il s'agit d'absurdités pareilles, je n'ai jamais rien eu de la donneuse de conseils. Tu es libre d'agir comme bon te semble, mais je crois que tu ferais mieux de t'abstenir.

Comme je n'éprouve pas le moindre désir de faire irruption dans le sanctuaire des coléoptères et des ossements, dis-toi qu'Ernest t'envoie des tas de compliments, et contente-toi de ma tendresse et de mes bons vœux de nouvel an.

CLARA

Ashton Hildred, 24 janvier

Ma chère enfant,

Tu es en train de te faire un monde de cette amourette de ton mari, *cela se voit*. Ce que je vois moins c'est la raison pour laquelle tu viens pleurer sur l'épaule d'une femme de mon âge. Étalées sur le papier, les larmes ne font que de vilaines taches, souviens-t'en, impossible d'en faire un gracieux ornement. Applique-toi à condenser ton discours, sois aussi brève que possible, les plaintes concises sont les plus frappantes. Je n'ai jamais versé de larme que sur une seule lettre, et elle venait de mon mari ! On se rendait compte, en lisant le style naturellement bref et sec de ce pauvre Sir Thomas, qu'il touchait le fond du désespoir. Tu dois savoir que nous avons passé les dix dernières années de sa vie dans une séparation discrète. Il était d'autant plus étrange de le voir prendre la chose si profondément à cœur que, de toute notoriété, il se *mourait d'amour* pour la *plus affreuse* petite actrice française qu'on puisse imaginer ; personnellement je suis persuadée qu'elle était Irlandaise quoiqu'elle se fît appeler Mlle des Saussaies, quelle invention ! Son vrai nom, j'en jurerais, était Helen Sauce. Une misère de petite bonne femme avec un teint pourri, sous certaines lumières elle se décomposait positivement. Et le pauvre homme ne parlait que d'Hélène à ses amis, en pleurnichant de la façon la plus abjecte. Je tenais ceci du père de ton demi-frère, le capitaine Harewood, qui faisait à cette époque partie de « mes » amis : il courtisait ta mère et, par voie de conséquence, la mère de celle-ci. D'ailleurs je pense qu'il était alors amoureux de moi, en dépit, et cela paraît difficile à croire aujourd'hui, de mes dix années d'aînesse. La dernière fois que je l'ai vu, il était plus grisonnant encore qu'Ernest Radworth. Il est vrai qu'avec une telle femme (c'est d'E.R. que je parle) n'importe quel homme blanchirait à vue d'œil. Je puis te l'assurer, ma chère enfant, cette créature fait se dresser les trois cheveux qui me restent. Elle se donne un genre épouvantable, le genre vaurien à la mode. Elle sera cause de la ruine de notre pauvre petit Regie si nous ne faisons rien pour le tirer de là. Cet amour de garçon, m'aura-t-il fait rire ! C'est une mine de drôlerie et de gaieté, et il y a quelque chose de splendide dans son naturel et sa folie, son air « crâneur » comme dirait Mme Radworth. Néanmoins, considérant qu'elle est en train de briser le cœur d'Ernest et de faire prématurément descendre, de vexation, le capitaine Harewood dans la tombe, je serais prête à beaucoup lui pardonner si elle se conduisait comme une dame, mais hélas ! ce n'en est plus une, et je suis honteuse de penser qu'il s'agit de ma propre nièce. Ses manières ne valent pas mieux que celles qu'aurait pu avoir Mlle Sauce, si l'on tient compte de la différence d'époque. Elle sera la mort de l'infortuné Redgie, je le prédis. Cet enfant n'a jamais eu de chance, tu te souviens certainement de la façon dont il a été élevé : toujours traqué, puni, tancé, même lorsqu'il n'était encore qu'un adorable bébé. De quoi révolter n'importe quel garçon et le pousser, une fois grand, dans une infinité de sottises, j'aurais pourtant cru qu'il éviterait celle-ci. Clara Radworth a au moins six ans de plus que lui, on dit qu'elle se met du rouge maintenant ! Si seulement il flottait là un parfum de scandale ! mais non, c'est sans espoir. Ils ont noué une alliance, discrète, innocente : ce qui peut échoir de pire à un jeune homme qui débute dans le monde.

A force de parler de ton frère et de tous ces gens épouvantables j'ai perdu le fil de ce que je voulais dire, mais je t'en prie, essaie d'influencer Redgie. Invite-le tout de suite, avant l'arrivée des Radworth — s'il pouvait seulement venir ici et m'écouter, je me ferais fort de le convaincre. Ne l'ai-je pas complètement repris en mains quand il s'était enfui, à quatorze ans, réfugié chez vous, et que tu me l'amenas en secret ? Et toi, adorable petite fille de onze ans, tu t'épris de lui à la minute, tout comme ta vieille grand-mère (qui est aussi la sienne). Ne l'ai-je pas immédiatement convaincu de retourner chez lui, malgré l'état où je le voyais, pauvre chéri, et en dépit de toi et de ta mère ? Je pourrais en pleurer encore, à l'heure qu'il est, rien qu'en pensant à la beauté de cet enfant et à la dureté dont il fallut faire preuve pour l'obliger à tourner bride comme cela, sachant qu'il serait aux trois-quarts assassiné par son père. (Est-ce que le capitaine Harewood n'aurait pas dû être cloué au pilori rien que pour cette habitude de fouetter son fils tous les jours que le Bon Dieu fait ? et cela par méchanceté envers ta mère et moi, j'en suis sûre). Vous nous avez jugés horriblement cruels, ton père et moi, aussi cruels que le père de Redgie, et pourtant j'avais le cœur tout aussi meurtri que le vôtre, et après le départ du cabriolet j'ai bien pleuré cinq minutes dans mon coin. Il ne faut jamais larmoyer en public (du moins pas à flots), comme le fit alors ta mère, et le jour où tu auras des enfants ne va surtout pas leur jeter les bras autour du cou avant de t'effondrer, cela ne fait de bien à personne, les spectateurs, contraints à une imbécilité momentanée se mettent en fureur, et l'on n'y gagne qu'une réputation de mollassonne. Ton père en a voulu à ta mère de cette démonstration théâtrale avec Redgie. C'était accroître la peine de ce pauvre gosse sans lui éviter pour autant le moindre coup d'étrivière une fois chez lui ! De ma vie entière je n'ai ressenti autant de compassion : cet adorable enfant, souviens-t'en, est ton demi-frère ; si le capitaine H. n'avait pas été un tel rustre, vous auriez pu avoir le même sang. Ta pauvre mère n'a jamais eu beaucoup de caractère, c'est vrai, mais sa vie n'a pas toujours été facile.

Me voilà repartie sur le sujet inépuisable de mon adoration pour Redgie, tu vas trouver ta grand-mère décidément insupportable et ridicule. Laisse-moi essayer de te prouver qu'il existe encore quelque étincelle de bon sens parmi la cendre de mes réminiscences. Mais sais-tu que tu m'embarrasses ? Tu m'écris pour savoir comment il convient d'agir et moi, certaine de te voir faire exactement le contraire de ce que je te dirai, je ne sais comment t'éviter certaines erreurs. En fait je ne crois pas que tu puisses grand'chose. Cependant lis avec soin ce qui va suivre, analyse-le selon la théorie des contraires, et vois si cela peut tenir lieu des conseils que tu réclames.

Invite Frank à Lidcombe dès l'arrivée des Radworth, trace-toi une ligne de conduite, comme dans les romans français — Balzac est excellent dans cet ordre d'idées si tu peux te hisser à ce niveau — flatte Clara Radworth, ne la contrarie en rien, qu'elle t'inflige de nouveau ses airs supérieurs, ce sera facile si tu sais t'y prendre. Laisse-toi éblouir comme une enfant et, avec son mari, si tu en es capable, fais la bécasse, mais tout cela avec une infinie délicatesse comme on joue la bricole dans un carambolage au billard : il s'agit d'envoyer doucement deux boules dans le coin où il sera propice de les retrouver au moment de la prochaine attaque. Si tu peux me suivre je te conseille, comme au croquet, d'expédier cette dame et ton mari sous la cloche. Mais il me semble t'entendre : « La cloche ? quelle comparaison tirée par les cheveux ! c'est de l'esprit ? » Ma toute belle, dans chaque famille digne de ce nom, il existe, comme dans ces jeux, une place d'attente idéale, souviens-t'en toujours, et apprends à en faire usage. Si lord Cheyne et Mme Radworth, ou l'une, ou l'autre, pouvaient être envoyés sans bruit sous la cloche, tu aurais gagné. Les croquer même avec une habileté consommée, les mettre adroitement hors jeu serait désastreux. Mais je sais que tu ne saisiras jamais les subtilités qui sont pourtant toute la beauté tactique des jeux.

Si ce style te déplaisait, et après tout je serais bien désolée que tu l'apprécies — ce serait mauvais signe —, laisse-moi te donner quelques petites indications pratiques plus faciles à suivre. Tu sais que je n'ai jamais raffolé de mon neveu Francis. Son père était, de beaucoup, le plus stupide de mes deux frères et, ma chérie, tu n'as pas idée de ce que ça représente. Si tu avais mieux connu le père de ton mari, ton grand-oncle, tu aurais peine à me croire quand j'affirme que son frère était encore plus bête que lui.

C'est pourtant vrai, John était l'imbécillité même. Adroit d'ailleurs, capable de travailler et d'agir avec un entêtement désespéré, mais quel âne, Seigneur ! Ses enfants doivent bien tenir de lui. Clara, c'est vrai, est l'image de sa mère, mauvais signe d'ailleurs, au point qu'il m'arrive de me dire (sans y parvenir) qu'il serait charitable d'éprouver quelque pitié pour Ernest Radworth, et Frank tient également un peu d'elle. Cependant l'image du père ne peut manquer d'affleurer un jour, comme disent les pédants. N'oublie jamais le père, ma fille, et tiens ton mari à l'œil lorsque le sien réapparaît. Sans vouloir manquer d'indulgence envers personne, ni te décourager le moins du monde, je te conseille de ne pas faire entièrement confiance à ces deux cousins. Quant au faible de Cheyne à l'égard de Clara Radworth, je ne me tourmenterai pas pour si peu. Elle chasse un gibier plus jeune en ce moment — ma parole je me mets à parler comme cette femme, à soixante ans et plus ! Elle est assez remarquable du reste, quoi que nous en disions toi et moi. Si tu parviens à la tenir éloignée de Redgie pendant qu'ils sont réunis sous ton toit (et cela je t'en supplie, fais-le pour moi) je puis te garantir que ton mari ne courra aucun risque. Tant qu'elle sera sans assurance ailleurs, elle ne tentera pas de le séduire. Cheyne est un admirateur flatteur que n'importe quelle jolie femme attire sans peine, mais qu'aucune puissance humaine ne parviendra à éloigner de toi. C'est là ta sauvegarde, ou ta malédiction, selon ton choix. Clara ne s'en souciera jamais assez pour en faire autre chose qu'un figurant. Il mettrait merveilleusement Redgie en valeur, par exemple, donnant brillant et profondeur aux effets de composition de cette dame. Mais comme je sais que vous n'aurez pas à Lidcombe de spectateur qui mérite même faiblement le nom de créature humaine, elle se contentera de rester sur sa lancée, à condition que tu parviennes à l'empêcher d'approcher mon pauvre petit-fils. Ce qui est important pour moi, et c'est la seule raison pour laquelle je t'autorise à inviter Clara et Ernest alors que ton frère se trouve encore chez toi, et non pas parce que leur présence t'offre un prétexte facile pour inviter également Frank Cheyne en employant sa sœur comme paravent (*à Dieu ne plaise*, je ne suis pas une vieille rouée), c'est que tu puisses voir comment ils se comportent vis-à-vis l'un de l'autre, et que tu sois capable d'étudier et deviner les intentions de Clara. De plus tu pourras mieux secourir ton frère si tout cela recommence sous ton petit nez.

Surtout, aie la main légère avec Clara, donne toute la longueur de corde nécessaire à ses ébats, ton éducation y gagnera délicieusement. Alors, et même en imaginant que je me leurre au sujet de la *dévotion* que ton mari te porte, tu n'auras rien à craindre pour lui. De même : si tu parvenais une fois à prendre l'avantage sur elle (mais au nom du Ciel, sans la mettre en colère ou l'effrayer le moins du monde), tu en ferais une alliée splendide. Tâche également de juger des sentiments que lui porte son frère, et fais-les-moi connaître, cela m'aidera à former une opinion de lui. S'il l'apprécie à sa juste valeur sans en être aveuglé c'est qu'il n'est pas entièrement dépourvu de bon sens. Elle est de celles que les hommes ont tendance à surestimer, alors que les femmes capables de les apprécier ne les jugent pas à leur valeur. Ne fais jamais l'erreur de mépriser une personnalité de ce genre (si tant est qu'on lui fasse le crédit d'en être une).

Me voilà confuse d'avoir écrit une lettre aussi

longue sans te dire un mot du sujet qui, je le sais, t'intéresse. En outre je me demande si certains de ses passages conviennent bien à une bonne petite épouse comme toi, mon seul réconfort est de penser que tu n'y comprendras goutte. Il est une chose néanmoins, ma chère enfant, dont il ne te faut jamais douter : c'est que de tout mon cœur, profondément, je ne désire et n'espère que servir ta cause, t'aider à avoir l'heureuse, la belle et harmonieuse vie que tu mérites. Sois bonne pour Redgie, qui me paraît mentalement être ton petit frère plutôt que ton aîné de trois ans.

Ta mère et moi nous vous envoyons à tous deux notre tendresse.

Avec ma grande affection

HELENA MIDHURST

Londres, 25 janvier

Ma très chère Clara,

Dans une quinzaine de jours je serai installé à Lidcombe, ne comptant pas revenir à Oxford (si j'y retourne jamais) avant le dernier trimestre. Je suis stupéfait que tu puisses accorder une seconde d'attention à tous les racontars de lady Midhurst, car je ne vois qu'elle pour avoir suggéré certaines de tes réflexions, et ses idées aberrantes ne me feront pas altérer mes projets d'un iota. As-tu oublié que notre père la déclarait « gravement atteinte d'incontinence verbale » ? A ta place j'aurais honte d'être à la remorque d'une vieille tante venimeuse. J'aime beaucoup nos cousins, leur hospitalité à Lidcombe est merveilleuse et, tant que nous éprouvons du plaisir en compagnie les uns des autres, inutile d'accorder la moindre importance à des ragots dénués de fondement. Vous deux présents, la réunion sera encore plus charmante et, malgré ce qu'aura pu te suggérer la sagesse de notre parente, je n'ai pas peur de ta surveillance. Amicia, cette femme exquise qui éprouve de l'amitié pour nous et le laisse paraître, est, il est vrai, extrêmement belle, ce qui n'a jamais rien gâté, la regarder et lui parler est un délice. Mais de là à s'en éprendre, qui donc, passé dix-huit ans, ou sortant d'un mauvais roman français, irait donner tête baissée dans un tel panneau — sans même mentionner l'absurdité ou la vilenie de la chose. Des idées semblables sortent tout droit de cette littérature ridicule et malsaine à laquelle la chère tante s'adonne dans le secret. J'espère que tu ne feras plus jamais allusion, même en matière de plaisanterie, à ses diktats. Il semble incroyable qu'Amicia ait été élevée par sa grand-mère et l'on ne peut que s'émerveiller de l'absence en elle de l'influence Midhurst. Son excellent père doit posséder une nature bien différente ; sinon on ne voit pas comment Mme Stanford aurait pu fournir à Amy un antidote contre le sang maternel. Il n'est que de rencontrer Reginald pour comprendre à quel point l'hérédité l'a marqué, et je ne m'étonne pas de l'adoration que lady M. porte à ce dernier. Ne te fais surtout pas d'inquiétude au sujet d'une intimité trop étroite entre Redgie Harewood et moi. Je crois qu'il vient de passer plusieurs semaines en ville et c'est à peine si nous nous sommes rencontrés deux ou trois fois. Je t'accorde qu'il n'a guère changé, il est en grand ce qu'il était en petit. Au collège je me souviens qu'il se contentait de *flâner* neuf jours sur dix, jusqu'au moment de la punition, à moins qu'il ne produise tout à coup des vers latins fort honnêtes. A Lidcombe il ne se laissera pas oublier et il faudra t'accommoder de lui si tu viens, car je crois qu'il se trouve déjà chez sa sœur. Honnêtement d'ailleurs, si tu parviens à surmonter la première impression, tu verras, on peut trouver pire. L'admiration que tu lui inspires est sans égale, semble-t-il. Lorsqu'il m'honore de son attention, je crois que c'est dans l'espoir que je lui parlerai de toi. Après le dernier éclat qui lui fit abandonner Oxford et ses brumes d'automne, et la rencontre à Londres d'une certaine dame, il est pour l'instant au tapis. Dans le cas où tu recommencerais tes insinuations au sujet d'Amicia, il me sera facile de te répondre en t'envoyant des pointes concernant son don Juan de frère. N'empêche, je voudrais voir la figure du vieux Harewood si son fils lui accordait jamais la faveur d'entonner, en sa présence, les couplets lyriques que Reginald m'a infligés à sa dernière visite.

Comme je compte partir la semaine prochaine, j'arriverai probablement chez lord Cheyne avant vous deux. Viens aussi vite que tu le peux, surveille attentivement la santé d'Ernest jusque-là. Pour le reste, agis comme bon te semble. Mais je t'en conjure, n'adresse plus jamais de plates imitations du style Midhurst à ton frère affectionné.

FRANCIS CHEYNE

Lidcombe, 1ᵉʳ février

J'espère que vous êtes informé de l'espoir que nous avons de recevoir votre sœur et M. Radworth d'ici une semaine ? Je viens de recevoir d'elle une lettre particulièrement obligeante et il me tarde d'avoir le plaisir de faire plus amplement connaissance avec eux. Votre beau-frère est si charmant que je m'étonne toujours de votre réserve vis-à-vis des hommes de science : ces derniers m'apparaissent comme les êtres les plus paisibles, les plus inoffensifs et les plus poétiques. Comme je comprends le choix de Clara, plutôt que pour un mari engagé dans la politique, ou pour quelque esprit romanesque. Avec la violence de vos enthousiasmes et l'ardeur de vos théories, Reginald et vous êtes parfois bien fatigants, alors que la démarche tranquille du chercheur n'a jamais fait de mal à personne. J'avais été frappée, je m'en souviens, par la joie, la façon touchante et l'ardeur avec lesquelles M. Radworth parlait de sa dernière décou- verte, et si j'étais la femme d'un tel homme je suis sûre que je pourrais me passionner pour de telles recherches. C'est drôle de penser que notre dernière rencontre remonte à une visite qu'ils firent à la maison quelques mois avant mon mariage. Je crains que votre sœur ne m'ait trouvée bien jeune et insignifiante ! Espérons que je ne vais pas décevoir une personne aussi remarquable. Clara fait partie des gens qui m'ont toujours beaucoup intimidée (et vous aussi je crois, reconnaissez-le). Je compte cependant sur vous, grâce à votre amitié je suis certaine qu'elle se montrera bien disposée. Sa lettre était vraiment aimable.

Vous savez sûrement que Reginald se trouve ici ? Il est fou de bonheur à l'idée de revoir votre sœur. Je n'ai jamais rencontré personne qui sache donner à l'admiration un tour aussi tumultueux et intense. Pour lui, elle incarne la perfection, le charme, et la grâce. Un tel jugement fait honneur à mon frère, mais il est peu flatteur pour moi car Reginald voudrait que chaque femme ressemble à cette image. J'espère qu'en politique européenne vous n'êtes plus aussi passionné que lui, bien que je vous aie connu pire autrefois. Depuis qu'il a pris les armes pour la cause italienne, impossible de vivre en paix. L'an dernier déjà, enflammé par Garibaldi et l'affaire sicilienne, c'est à peine s'il savait que nous existions, nous, insignifiants personnages... Mon mari, qui a dépassé l'âge de ces excès (du moins le prétend-il), en éprouve un certain agacement : par principe, il a adopté le parti des gouvernements forts. Bien entendu, il est le premier à le reconnaître, les hommes de trente ans commencent à voir les choses d'une façon différente, à tenir compte du côté pratique de l'avenir. Mais rien ne peut amener Reginald à considérer cette question avec un peu de bon sens ou (comme le dit Cheyne) à prendre les possibles en considération et à faire une place aux contingences. Enfin, vous le voyez, on aura grand besoin de vous pour établir la paix entre les factions.

Redgie serait tout à fait capable d'amener son beau-frère sur le pré pour dénouer la question romaine par un duel à mort.

Lord Cheyne est fort préoccupé en ce moment de sa propre situation politique, au sujet de laquelle il n'admet aucun conseil. S'il décide de présenter sa candidature aux élections et de jeter tout son poids dans la balance du côté de son parti, nous adresserez-vous encore la parole, Reginald et vous ? Oh comme je voudrais que ces affreuses « questions » cessent d'agiter la politique, mais, finalement, parviennent-elles à diviser les gens ? Continuons donc à espérer en l'amitié de nos amis s'ils continuent à nous aimer malgré nos délits d'opinion, et, dans l'intervalle, soyons heureux.

Nous vous attendons le cinq.

Et croyez, mon cher Franck, en l'affection de votre cousine

AMICIA CHEYNE

Ashton Hildred, 21 février

Ah ! si tu avais seulement cinq ou six années de moins (souviens-toi, mon cher, que tu n'étais encore qu'un collégien il n'y a pas si longtemps) quelle lettre n'enverrais-je pas à ton précepteur ! Tout ce que je désire, parole d'honneur, c'est te voir administrer une juste et saine raclée. Tu n'as jamais rien compris d'autre, c'est visible. Quel malheur de penser que ce n'est pas moi qui ai eu la haute main sur ton éducation ! Et dire que nous avions pitié de toi pendant ta jeunesse, lorsque ton père te battait comme plâtre ! Tes lettres si irrésistiblement drôles alors (j'en ai conservé quelques-unes) m'ont aveuglée, rendue incapable de comprendre à quel point ce fouet était mérité ! Le capitaine Harewood s'est montré beaucoup trop indulgent, cela ne fait plus l'ombre d'un doute. Comment peux-tu, à ton âge, te conduire d'une façon aussi puérile, je ne parviens pas à le concevoir. Et tu voudrais qu'on te traite en homme... Tu n'es rien d'autre qu'un grand imbécile, un demeuré, le dernier de la dernière division, celui qui fait traîner la classe. Tu ne peux manifestement pas considérer la vie avec les yeux d'un adulte.

Pourrais-tu commencer par m'expliquer par quelle aberration tu es allé à Lidcombe au même moment que ces Radworth ? Bien entendu, tu ne sais que répondre. Eh bien, crois-moi, jeune écervelé, tu aurais mieux fait d'aller donner tête baissée dans un nid de frelons. Ce qui me fait souvenir, justement, d'une lettre de toi vieille d'environ neuf ans où il était question de ces insectes et de la sacrée fessée qu'on t'infligea pour avoir rencontré une colonie de guêpes sans permission. Tu te déclarais (tu pourras te relire d'ailleurs, j'adore les lettres enfantines, elles sont souvent à mourir de rire, j'en ai d'Amicia qui sont de véritables chefs-d'œuvre) « drôlement feinté », ayant reçu une grêle de coups en échange d'affreuses piqûres, excellent antidote pourtant, occupé à soigner les brûlures de la tête tu ne t'en serais pas relevé d'une semaine. Ton cher père, heureusement, connaissait le remède à l'inflammation du visage... Eh bien, je te le déclare, ce que tu as souffert à cet âge tendre n'est rien, en comparaison de ce qui va t'arriver si tu ne prends pas immédiatement la fuite. L'aiguillon empoisonné des guêpes et la morsure des verges fraîches ne sont que jeux d'enfants en comparaison des essaims de frelons et des nœuds de vipères qu'il te faudra affronter. Tu vas dire que je ne sais pas ce dont je parle, puisque l'une de ces deux afflictions au moins m'a été épargnée. Peut-être. Mais j'ai été criblée de piqûres et exposée à la médisance. Et si l'accumulation des fouettages t'a fait davantage souffrir que les humiliations que j'ai connues, c'est que, grâce à ton père et à ses cravaches, tu as reçu une fois au moins la récompense de tes mérites ; si j'en avais été témoin, je n'aurais eu qu'à m'incliner. Espérons donc que cela t'est arrivé une fois ou deux dans ta jeunesse : dans ce cas tu as une idée de l'assassinat.

Quoi qu'il en soit, je puis t'affirmer que moi j'ai été assassinée aux trois-quarts par la société et plus d'une fois. C'est ce qui va t'advenir si tu continues de cette façon. Je te conjure de croire en ta bonne vieille bête de mère-grand. Je sais bien que tu t'en moques, les jeunes hommes sont ainsi faits, jusqu'au jour où ils sont proprement mis en pièces. Mais sûrement (comme a dû te le répéter souvent ton proviseur, le cher docteur Birkenshaw) on vous contraindra à ne pas vous moquer de tout, mon cher Redgie. Être la proie des mauvaises langues comme vous n'allez pas manquer de le devenir tous deux, cela est bien pire pour l'homme que pour la femme. Ta cousine ne court pas le moindre danger, sinon imagines-tu que j'autoriserais Amicia à vous recevoir tous les deux à la fois sous son toit ? Comme tu es le seul qui puisse souffrir de cette comédie absurde, c'est uniquement à toi que je dois m'adresser, quitte à t'ennuyer à périr. Mon instinct me dit que tu accompagnes Clara dans ses galopades à travers les terres, que tu lui fais des vers (Amicia m'a envoyé un de tes derniers sonnets maritimes, détestable), que tu promènes ta dame sur les eaux, et cent autres choses tout aussi épouvantables. C'est très mauvais pour toi. Quel dommage que tu n'aies pas de profession. Si encore tu étais installé à Londres... Je voudrais que tu entendes les conversations que nous avons à ton sujet, mon gendre et moi ! et que tu puisses voir son horrible rictus lorsqu'il déclare avec une feinte douceur :

— Dommage que ce jeune Harewood perde son temps d'une façon aussi lamentable. Il y avait du bon en ce garçon, croyez-moi. Mais cette méprisable *vie de*

45

flâneur, lady Midhurst (quand il se met à employer le français avec son accent effroyable, je lui fais une révérence et cela le calme), cette méprisable *vie de flâneur* serait la mort de n'importe quel jeune homme. Je suis ravi qu'Amicia ait repris contact avec son frère, mais il y a le drame de ses rapports avec son père... proprement scandaleux... etc., etc.

Aussi, pour une fois, sois gentil, efforce-toi de réfléchir. Pas à ce que dit ton beau-père (du moins celui qui aurait pu être un vrai beau-père pour toi, que ton amour filial me pardonne ce regret) mais à la façon dont les autres te voient. Je vais probablement te piquer au vif si j'affirme que sur la terre entière personne, même pendant une seconde, n'irait croire à l'ombre d'un scandale. Tu seras bien incapable de compromettre qui que ce soit avant des années, et ce n'est pas avec toi que Clara courra le moindre risque. Elle le sait fort bien. Amicia également. Ernest Radworth de même, si toutefois il y a quelque chose derrière ses épaisses lunettes, ce dont j'ai toujours douté. Me permettras-tu de risquer en douceur quelques suggestions au sujet de l'objet de ta flamme et de tes poèmes ? Bon, alors je prends mon courage à deux mains. Clara Radworth (et souviens-t'en, je l'ai presque aussi attentivement suivie qu'Amicia depuis l'enfance, me faisant un devoir d'étudier neveux et nièces jusqu'au tréfonds) est une des plus brillantes sottes que j'aie jamais rencontrées. Sans être véritablement de bon ton, elle possède suffisamment d'intelligence pour le comprendre mais pas assez pour y remédier. Où je l'admire c'est lorsque, tenant compte de ses faiblesses, elle décide d'en faire le meilleur usage possible. Et je t'accorde qu'elle y parvient, dans ses bons moments où elle est éblouissante, spécialement aux yeux des jeunes gens. Enfant, les garçons adoraient jouer avec elle, alors que les filles la détestaient comme les femmes continuent à le faire à présent. (Libre à toi d'attribuer l'âpreté de mon jugement à mon sexe, si toutefois tu crois qu'à mon âge on appartient encore à l'espèce féminine, opinion indéfendable.) Incapable de s'élever au-delà de son apparence, Clara par ailleurs ne tombera jamais plus bas. Je dois l'avouer, Amicia a ma préférence, mais enfin Clara aurait pu ressembler à lady Frances Law (il suffit de penser à cette créature pour rendre justice à ma nièce), ou encore à Lucretia Fielding (que tu as probablement rencontrée à Lidcombe). Si j'avais une nièce comme ces deux-là, j'en mourrais à l'instant. D'une attaque foudroyante de phobie, de neptiphobie peut-être ? Ça ne sonne pas très bien, mais mon grec a toujours été boiteux. C'est à mon mari que je dois la connaissance de cette langue. On l'avait envoyé comme consul dans un trou affreux je ne sais plus où. Bref, phobie ou pas, j'en mourrais en dix jours, priant pour la pendaison de la coupable. En conclusion, notre chère Clara est en sûreté : ce sont les autres qui n'y sont pas, toi par exemple, et plus encore son mari. Ma nièce ne court pas plus de risques que moi ou la reine d'Angleterre. Elle connaît son monde, sait se tenir à sa place : et l'homme ou la femme capable de cela peut faire ce que bon lui semble. Elle domine sa vie, une mauvaise, triviale, peu raisonnable vie, j'en conviens, mais superbement tenue en main. Elle possède la maîtrise d'un *peintre de genre* qui excellerait dans les petits mendiants, comme Murillo. Ne t'avise pas de poser pour elle. Qu'elle·te croque une fois ou deux, avec la désinvolture d'un Leech, parfait, qu'elle fasse même une étude entre deux fantaisies, à la manière de Callot, passe encore, mais le portrait pittoresque et sentimental me fait horreur. Sérieusement, mon chéri, je ne le supporterais pas. Elle, quand elle est lasse de poser à la grande mondaine émancipée, se déguise en madone des gitans ou en Raphaël un peu crapule. Non, ce n'est pas ce qu'il te faut.

Te découvrirai-je une fois pour toutes la réalité, la simple vérité ? La tentation est forte mais je crains que tu n'en viennes à me haïr. N'en fais rien, mon cher enfant, je t'en prie, j'ai une faiblesse au cœur à ton sujet depuis ta naissance, foi d'honnête femme, et j'espère que, *malgré* les cascadeuses, les Saintes Agnès de la bohème, tu continueras toujours de m'aimer. Bon, voici la chose : Clara n'a aimé qu'une seule fois, et cela ne se répétera jamais plus. Elle a été amoureuse de mon neveu Edmund (Amicia est parfaitement au courant) lorsque le père de celui-ci vivait encore. Pour remporter le titre et l'homme elle a mené le combat avec une dextérité, une vigueur et une souplesse d'esprit vraiment belles à voir chez une aussi jeune fille, c'était une joie de l'observer. Depuis lors j'ai toujours rendu justice à sa personnalité. Mon frère ayant déjà épousé une parente française de notre mère, et cousine issue de germain, ne voulut pas entendre parler d'un mariage consanguin. Cheyne dut s'incliner et renoncer à elle. A cette époque, féru de philosophie morale et sociale, il n'en était pas à un attachement près et oublia rapidement l'affaire. Seulement, il avait été si visiblement épris qu'on avait commencé à parler d'elle comme de la future lady Cheyne. Elle fut encore plus admirable à étudier dans la défaite qu'au cœur de la mêlée. Cette leçon l'a calmée pour la vie, et six mois plus tard elle épousait

Ernest Radworth. Trois ans après, à la mort de mon frère, j'arrangeai le mariage d'Edmund et de notre chère bonne petite Amicia qui eut lieu une année plus tard. Tout comme j'espère te faire épouser un jour une reine de Saba.

Quand je dis que Clara a été calmée par son échec, comprends-moi : ses airs émancipés et son tapage, ce que j'appelle son mauvais genre, s'en sont accrus, mais la question n'est pas là, cet échec lui a enseigné le bon sens. Elle est extraordinairement sensée pour une femme aussi brillante, quoique (je le maintiens) sotte par nature, sinon, avec davantage de voilure elle serait déjà une des personnalités de son temps. Pour une vieille dame c'est un passe-temps charmant, exquis, d'observer son adresse aux petits jeux. Elle s'amuse de cent façons, toutes plus ingénieuses les unes que les autres (comme être une plaie d'Egypte pour ce malheureux Ernest en entretenant chez lui une irritation perpétuelle de l'épiderme, par d'incessants coups d'épingle dans toutes ses écorchures mentales), elle dévore à pleines dents toutes sortes de plaisirs mais avec un esprit d'économie digne d'un épicurien de longue date (cette femme est une initiée du Jardin). Sans jamais faire de faux pas hors du sentier étroit de la vertu, elle profite de toutes les fleurs et du tapis de mousse de la facilité — du moins en a-t-elle la jouissance, peut-être mieux encore. En un mot elle est sublime, elle est tout ce que tu voudras, mais pas très honnête. Si elle possédait une once de plus d'intelligence, je m'inclinerais. J'irais plus loin : tomber entre les mains d'une femme digne de ce nom et douée de génie ferait de toi un homme. Aussi, attends. Lorsque tu m'amèneras une Athénaïs de Montespan je t'autoriserai toutes les folies, comme je t'interdirai d'en commettre avec une Louise de Lavallière. Tu vas protester et dire que Clara est bien supérieure à cette dernière, c'est vrai, mais ce n'est pas encore suffisant. Si on t'avait vraiment fait entrer l'histoire d'Angleterre dans la tête à coups d'étrivière comme cela aurait été le cas si je m'étais occupée de ton éducation — à condition évidemment que ton père n'ait pas été un tel... enfin peu importe, tu serais mieux capable d'évaluer cette femme. C'est une Elizabeth affaiblie par une gorgée de Marie Stuart. Comment pourrais-tu à ton âge posséder la compréhension d'une nature à la fois brûlante et glacée ? Crois-moi sur parole et laisse-moi ajouter à notre marché une petite part du fruit de l'expérience. Les tempéraments qui combinent ces deux extrêmes sont les plus heureux qu'on puisse imaginer. Le côté vibrant de leur nature leur permet des jouissances infinies sans qu'ils dépassent jamais la limite au-delà de laquelle le plaisir risque de coûter trop cher. Oh que ces gens sont malins (à moins d'appartenir à l'espèce vulgaire et, dans ce cas, ils ont peu d'importance). Je ne veux pas dire que le seul fait d'être si merveilleusement malins les dispense d'agir en écervelés, spécialement si la sottise en eux est puissante, comme c'est le cas chez beaucoup d'êtres brillants et passionnés, notamment ladite Marie, admirablement et redoutablement folle en dépit de son remarquable intellect glacé. Notre amie me semble appartenir davantage au type d'Elizabeth, variété tout aussi dangereuse. Si elle s'abandonne une fois à une impulsion, que Dieu protège ceux qu'elle aime, mais n'ayons aucune crainte pour elle, aucune. Seulement prends garde, tu n'es pas du bois dont on fait les Leicester et je ne voudrais pas te voir jouer les Essex avec une Elizabeth en plaqué. Pas même de l'argent (plaqué), du toc. Pour ce qui est du cœur en tout cas, et du style. Accordons-lui l'esprit.

Si tu en es arrivé aussi loin dans la lecture de cette lettre (je suis certaine du contraire), tu devrais maintenant comprendre (mais je parie bien que non) la façon dont je juge Clara et dont tu dois la juger. C'est une créature admirable, je ne me lasserai jamais de le répéter, mais pas faite pour être adorée par toi, parce que ses merveilleuses qualités sont propres à ravir une vieille femme qui a beaucoup pratiqué la vie. Ce côté chez elle, où un garçon comme toi se retrouve lui-même, est justement ce dont il ne devrait pas s'éprendre. Il est naturel qu'il le fasse si personne ne lui a ouvert les yeux, mais te voilà prévenu (bien en vain, j'en jurerais). Si toutefois tu demeures fasciné, excité par cette veine de vulgarité et de faiblesse en elle je n'y peux rien : *Liberari animam meam*. Mon habitué du bonnet d'âne des classes terminales (à vingt-trois ans !) doit pouvoir traduire cette citation mot à mot. La main me fait mal, remercie les cieux, sinon je t'accommoderai encore de la belle manière. Essaie, mon cœur, essaie d'extraire quelque bon sens de cette longue, incohérente et musarde épître, entreprise dans le seul désir d'aider. Je ne veux pas que mon charmant, mon cher Redgie soit consommé en holocauste sur l'autel d'une Sainte Nitouche, vierge et martyre de pacotille.

Je ne te charge d'aucun message pour ceux de Lidcombe, ayant écrit hier à Amicia. Transmets mes meilleurs compliments à ton père, si tu l'oses. Faut-il que je sois bonne personne pour perdre mon temps et mes efforts en faveur d'une bande de garçonnets et de fillettes qui se jugent bien trop supérieurs pour essayer de comprendre les conseils d'une vieille dame. Vous me semblez, tous autant que vous êtes, infiniment plus jeunes que vos âges et je préfèrerais de beaucoup que vous vous en teniez aux poupées et aux soldats. *Cependant* mon cher enfant, pour ce qui est de toi, je demeure à jamais

Ta grand-mère qui t'aime

HELENA MIDHURST

P.S. Si tu le désires, tu peux communiquer cette lettre à la chère Clara.

Lidcombe, 1ᵉʳ mars

As-tu vu, au Salon de Peinture de l'année dernière, le portrait que Fairfax fit de ma cousine Mme Radworth ? Comme tout un chacun je sais qu'il s'agit d'un artiste prodigieux, d'une grande réputation, d'un talent extraordinaire, etc. — je n'en déclare pas moins que cette toile est un gâchis. C'est vraiment ce qu'on appelle un fiasco complet. Aller peindre une femme comme elle dans un petit décor intimiste, devant une fenêtre, des fleurs, des bibelots, avec sa splendide chevelure tortillée d'une façon aussi hideuse ! Et les gens s'extasient devant l'étonnante tonalité des géraniums, l'étoffe du corsage et autres balivernes, alors qu'un artiste de génie l'aurait représentée dans la nature, à cheval, partout ailleurs. Je voudrais seulement, comme cavalier, être capable de rivaliser avec elle : elle monte avec une grâce et une audace sans pareilles. Hier nous chevauchâmes ensemble vers Hadleigh par la mer pour galoper trois lieues sur la grève bien ferme : un rêve. Lorsque je venais ici, enfant, j'aimais accompagner les lads à l'entraînement, de bon matin, et au lieu d'amener les chevaux sur les collines c'est là que nous allions. Durant toute la matinée elle avait paru triste, et désirait le grand air et l'action pour redevenir elle-même. Je ne l'ai jamais vue aussi belle. Le vent dénoua ses cheveux dont les torsades s'écroulèrent en boucles jusqu'à la taille et, ainsi encadré, son visage apparut brillant et vermeil. Sous ses longues paupières de reine, largement ouvertes, ses yeux étincelaient. Le bonheur me coupa la parole, je le confesse ; ne montre cette lettre à personne. J'allais entre elle et la mer, légèrement en retrait. Un coup de vent venu des terres m'envoya une grande vague de chevelure sur le visage, sur les lèvres. Elle dut le sentir car, se retournant, elle se mit à rire. Lorsqu'il fallut tourner bride et ralentir le pas (son Nourmahal n'est pas ce qu'un bon cheval doit être, et j'aimerais lui offrir une monture digne d'elle) elle se transforma de nouveau et accepta enfin de parler sérieusement. J'avais bien senti qu'elle n'était pas heureuse. Ce crétin de Radworth ne lui permet de recevoir personne lorsqu'ils sont chez eux, à l'exception du monde scientifique, imagine ça ! Et dans les environs pas une amie possible. Tu devrais l'entendre décrire les réceptions dans leur affreuse bâtisse, tout à fait le climat mortuaire qui régnait chez mon père. Oh ! ces dîners de mon enfance ! un homme d'église, quelque militaire bien indigeste, mon précepteur et le paternel. Et moi retenu à la fin du repas pour des exhortations, des examens, ou du persiflage — ah j'étais gâté. Eh bien je crois que la vie de Clara est à peu de chose près aussi délicieuse, pire même, puisqu'il lui est impossible de s'absenter seule. Les invités arrivent avec des caisses chargées de spécimens, de curiosités naturelles, d'ossements ou de folios dont ils encombrent la maison. Le mois dernier trois savants, deux ostéologues et un ichthyologue célèbre par sa méthode comparative, ou je ne sais quoi, un type aux yeux rougis et à la bouche déformée, un bavard impénitent parcouru de tics. Un ami de mon grand-oncle, paraît-il, qui lui fit rencontrer il y a des années cet âne bâté de Radworth. Imagine seulement cette paire, et Clara obligée de les écouter, de leur faire bon visage. Vers la fin de notre promenade elle devint mélancolique, parla de la joie que lui avait procurée ce séjour, etc., toutes choses qui me rendirent presque fou. Dans trois ou quatre jours elle sera partie. Je voudrais la suivre partout, la servir, être son valet, son écuyer, la voir sans cesse. Je décrotterais des bottes pour elle, je raclerais des casseroles, comme un domestique. Et si je n'avais pas un ami à qui parler ou écrire, je crois que je ne pourrais plus supporter la vie.

REGINALD

VIII / FRANCIS CHEYNE À MADAME RADWORTH

Londres, 15 mars

Me chercherais-tu querelle par hasard, ma chère sœur ? Il faut que tu aies perdu la tête pour t'imaginer que j'essaie de te *brouiller* avec les Stanford ou avec Redgie Harewood. Je suis en excellents termes avec ce dernier, c'est vrai, mais nous n'avons jamais été intimes, que je sache. Agis à ta convenance au sujet de Portsmouth. Si cela m'est possible j'irai aussi.

Mais il faut que je te parle de la quinzaine que j'ai passée à Lidcombe après votre départ. L'extrême amabilité de lord Cheyne prit une nuance d'impertinence que je n'avais jamais remarquée chez lui. Depuis mon départ, j'ai reçu une lettre de lui et une lettre d'Amicia. Ils parlent de venir à Londres, Cheyne envisagerait un retour à la politique, bien qu'à mon avis il ne se soit jamais remis de la cruauté avec laquelle tu t'es moquée de son éloquence il y a six ans. Je me souviens fort bien de ces vacances de Pâques où lady Midhurst et toi ne cessiez d'avoir des fous rires à ce sujet. Amicia, j'en ai presque la certitude, est plus atteinte que nous ne l'aurions cru par les racontars de l'hiver. Ses manières ont changé, elle se montre étrange, nerveuse, s'arrête soudain au milieu d'une

56

phrase, se mord les lèvres et fait le geste de chasser un sentiment importun. Je regrette de ne pas être resté travailler à Oxford pour Noël comme j'en avais d'abord eu l'intention. Les gens n'auraient rien trouvé à dire. Maintenant je suis décidé à abandonner le Droit. J'ai envie de voyager, avec Harewood au besoin. C'est exactement le genre de type capable de s'embarquer d'un moment à l'autre, pour rendre service à un ami.

Écoute, je crois que je ferais mieux d'en venir au fait comme c'était mon intention, sans continuer mes périphrases et mes travaux d'approche. Tu as eu raison de me désapprouver lorsque j'ai prolongé mon séjour après votre départ : des difficultés ont surgi. Tout cela très enveloppé naturellement, des scènes étouffées, effleurées : je faisais la lecture à Amicia, Cheyne est entré, elle a rougi un peu, pas tellement, mais j'ai senti un malaise chez elle, une tension. Son mari ne voulait rien interrompre mais comme la conversation restait sur des riens il nous a quittés avec brusquerie. Nous sommes d'abord restés cois puis, je ne sais plus très bien comment, nous avons parlé de toi. (Si, à propos des préférences de Cheyne, il me semble.) Elle fit en riant allusion à une lettre où lady Midhurst la supplie de veiller sur Redgie Harewood pour l'empêcher de s'éprendre de toi. J'ai rétorqué que lady M. agissait et pensait comme dans un roman français broché, à couverture jaune, aux pages décousues. Amicia répondit qu'il y avait peut-être quelque chose de vrai dans cette façon de concevoir la vie. Tout d'un coup, vois-tu, sans nous en être rendu compte, nous étions jusqu'au cou dans le sentiment. Et je la trouve tellement belle avec cet épiderme pâle, lumineux, mettant en valeur les yeux si doux et expressifs sous leurs sourcils merveilleusement allongés. Son visage est un miracle de perfection. Je ne vois pas cette ressemblance avec son frère que les gens déclarent criante, mais je crois que tu n'es pas sans admiration pour ses traits à lui. C'est à la suite de ce petit incident que Cheyne a pris ces nouvelles façons, cette sorte de condescendance cachée, d'amabilité dont je viens de te parler, ou bien je me le suis imaginé. Nous nous entendions parfaitement auparavant sans qu'il ait jamais fait montre d'une « politesse » pareille.

Essaie d'amener Radworth à Londres avant votre départ pour Portsmouth, Ryde ou Dieu sait quoi. Si j'ai bien compris Amicia, lady Midhurst se montre plus venimeuse que jamais. Prépare de grandes bassines d'antidote. Il faudrait envoyer au pénitentier les femmes qui ont dépassé un certain âge, à l'exception de celles auxquelles on aurait délivré un certificat d'imbécillité ou d'innocence !

FRANCIS

Ashton Hildred, 18 mars

Ainsi, ma chérie, ayant fait maison nette de tous tes invités, tu t'attends à des compliments de ma part ? Tu ne pouvais mieux faire, me semble-t-il. Et Cheyne se montre parfait à tous égards, vraiment ? Cela me comble (moi qui vous ai mariés) de l'entendre, mais je n'avais jamais imaginé le contraire. Quant aux deux garçons je donnerais cher pour les avoir sous la main dix minutes : ils se sont conduits tous deux d'une façon infâme. Pour ma part je renonce : j'abandonne Redgie à son triste sort, celui d'être dévoré tout cru, et m'incline avec respect devant la persévérance de cette femme. *Bon appétit !* Je salue bien bas et me retire. Elle a les plus belles dents du monde. J'imagine pourtant qu'elle abandonnera sa proie un jour, ou bien compte-t-elle l'épouser après la mort d'Ernest Radworth (si je croyais cela j'irais de ce pas trouver le capitaine Harewood). Penses-tu que le Radworth ait assez de vitalité pour durer deux ans ?

Je suis trop vieille pour comprendre ton état d'esprit au sujet de ton cousin. Tu connais pourtant ma préférence pour les exposés bien clairs, et ton style est le vague même. Il est impossible que tu sois assez bête pour t'*amouracher* sérieusement d'un homme. Dans notre correspondance future, souviens-toi que je me refuse à admettre cette éventualité. Les dames de qualité dans la société anglaise moderne ne trahissent jamais leur devoir d'épouse. Souviens-toi que tu es entièrement dévouée à ton mari, comme lui envers toi. C'est la position où je me tiens en t'écrivant, et il faut que tu me répondes en conséquence. Toute autre hypothèse est *impossible* à considérer. Quant à être amoureuse, je n'y crois pas. Je crois à l'intoxication de l'alcool, à l'humidité de la pluie, à la brûlure du feu, mais non pas à la fascination d'un être sur un autre. Évite toute folie, n'accepte aucun exemple, n'accorde foi à aucun sentiment. Il se trouve que tu as à jouer un rôle dans un aspect de la comédie mondaine, joue-le au mieux, et dans le style convenu du théâtre contemporain de ton pays. Surtout ne te laisse pas aller à donner dans la stratégie hors de saison. Décide une fois pour toutes que rien, jamais, ne doit être pris au sérieux dans les petites difficultés de la vie, que tu es juge et partie. Garde la tête claire, ne mélange pas les genres, raisonne : tu es l'arbitre de ton sort et rien ni personne, quoi qu'il arrive, ne saurait te mettre dans une fausse position ou t'embarrasser. Et, aussi fermement que tu auras pris cette résolution, commence à agir dans ce sens : tu verras que cela paie.

Permets-moi de dire quand même que tu aurais pu te montrer plus attentive à mon désir de protéger ton frère. L'observation du ménage Radworth et l'amusement (si tel avait été le cas) d'une petite conspiration t'aurait distraite et remise dans le bon sens. Voyant clairement que tout va de travers de ce côté-là, je voudrais seulement connaître aussi clairement le moyen d'y remédier. Reginald est un cas désespéré. Je n'ai jamais vu de garçon aussi totalement *ensorcelé*. Il ne rate aucune de ces imbécillités futiles qui finissent par ruiner une vie. Si tu avais pris connaissance de ce qui se tramait, il aurait été facile de tout remettre d'un seul coup dans le droit chemin. Une bonne amitié s'établissant entre Clara et toi m'aurait ravie. Mais à peine t'es-tu aperçue qu'elle ne se souciait pas de séduire ton époux (ou même, si tu le préfères : lui se contentant de la traiter avec une courtoisie supportable), tu as lâché toutes tes cartes. Tu aurais pu continuer à observer les autres joueurs pourtant : suivre la partie en cours t'aurait appris des choses autrement intéressantes que ces rêvasseries au sujet de Frank. En fait, tu t'es abandonnée à une espèce de nervosité, de malaise moral, qui me semblent extrêmement malsains.

Je tiens absolument à ce que vous partiez pour Londres et y restiez jusqu'à la fin de la saison mondaine. Encourage Cheyne dans son désir d'adopter la vie publique, cela vous conviendra admirablement. Rien de pire que de stagner à Lidcombe pour aller ensuite (puisque tel semble être le projet) retrouver vos cousins et courir l'aventure en province ou sur le continent. J'espérais faire des inséparables de toi et de Clara. Puisqu'il n'en est rien, que vous ne semblez pas capables d'exercer d'influence réelle l'une sur l'autre, que vous êtes restées sans compréhension rationnelle et amicale de vos caractères réciproques, je compte sur toi pour éviter désormais, quel qu'en soit le prétexte, le chemin de ta cousine. La fréquentation des indifférents est oiseuse, et je te recommande de te tenir à l'écart du frère aussi bien que de la sœur.

Non que je mésestime Frank, en dépit de ce que tu penses. Je crois que c'est une belle nature. Il est capable d'une grande fidélité, de courage, de candeur, et possède plus de noblesse de caractère que je n'imaginais. Avec le sang de sa mère il a hérité sa vivacité et son esprit qui se sont admirablement mariés à la gravité du cœur, ainsi qu'au sens de l'honneur qui lui viennent de nous. Qu'il me plaise, que j'en sois satisfaite ne m'empêche pas de le trouver stupide. Il est en plein dans cet âge bête où il convient d'être fou sous peine de n'être rien ; par rien, j'entends un faquin, qu'il soit de l'espèce cérébrale ou de l'espèce sentimentale (méfie-toi surtout des faquins sentimentaux), ou alors un *coquin manqué*. J'ai connu un spécimen de ce genre : un ami de ton père, Alfred Wandesford, était à l'âge de Frank le type même du coquin manqué. Son livre fit un tapage immérité, comme une grosse bombe tirée à blanc, de la poudre plein les yeux du public pendant une minute. Seulement, de nature à la fois lymphatique et malléable, il ne sut qu'assumer l'aspect du vice, endosser un vêtement taillé pour d'autres statures que la sienne et qui flottait lamentablement autour de lui en dépit de son désir passionné de dépravation. Lorsque les gens s'écriaient que son attirail de débauche était de carton-pâte, et de péchés tristement véniels, je prenais toujours sa défense, affirmant que sa corruption était sincère quoique maladroite. Son vice valait mieux qu'un vice de commande. N'importe, de tels hommes sont des fripons du fait même qu'ils n'ont pas su découvrir la bonne façon d'en être, ou simplement parce que, incapables de comprendre leur vraie nature, ils meurent douloureusement stupéfaits d'être des crapules aux mains propres. Ce ne fut pas le cas de Wandesford d'ailleurs : devenu suprêmement raisonnable, il s'est transformé en un prospère et vertueux homme de lettres qu'il n'était même pas désagréable de rencontrer, et à ce jour je n'ai pas entendu dire qu'il ait jamais corrompu qui que ce soit malgré un venin assez fétide et vulgaire. Il existe encore un ou deux de ses livres qui méritent d'être lus.

Puisque Frank n'appartient ni à l'espèce des crapules ni à celle des faquins, qu'il ne possède rien de plus que la dose naturelle à sa jeunesse et qu'il s'agit là d'une folie plutôt sympathique, il est essentiel de lui éviter de s'engager dans une voie où il courrait beaucoup plus de dangers qu'un autre. Ah, comme je prie les cieux pour que l'on découvre la simple chirurgie qui annihilerait ou supprimerait les sentiments ! Passion, impulsion, vices du désir ou du corps, rien de ce qu'on peut définir en mots ne présente d'aussi graves dangers. Sans eux les bonnes actions seraient vraiment de bonnes actions. Et en ce qui concerne le péché même chanson : les pires erreurs deviendraient compréhensibles, respectables, rationnellement explicables. Alors qu'agir selon les sentiments est désastreux. Le sentiment, ne procédant ni de la spontanéité ni du raisonnement, n'est que leur misérable petit bâtard, un chiot maladif, attristant. Je hais ce mot même de *sentiment*. J'apprécie l'animaliste, le moraliste, mais où, sur quel terrain placer ou utiliser le sentimentaliste ?

Décide de tes actions. Regarde les gens et les choses en face. Renonce à ce à quoi il faut renoncer, endure ce qui doit être enduré, accomplis ce qui doit être accompli. Je te le dis en m'appuyant sur vingt années de soin et d'amour. Souviens-toi que je t'aime véritablement, profondément, et m'intéresse à tout ce qui te touche. Souviens-toi que pour moi ton bonheur est à la fois le tien et celui de ta mère.

Venons-en maintenant au contenu véritable de ta lettre. Tu as, pendant six semaines, vécu près de ton cousin et son absence t'inspire un désespoir vague. (Une fois ou deux, si je comprends bien, vous avez frôlé une douceur sentimentale.) Non pas, je présume, qu'aucun de vous n'ait réellement songé à tomber amoureux, mais vous appartenez à une époque peu faite pour l'intimité entre sexes, une époque saturée de sentiments où il est difficile de connaître la saveur vraie des sensations ! Clara aussi t'a fait peur, légèrement peur, elle t'a déplu, tu l'as laissée se débrouiller avec Cheyne ou Reginald (et le résultat, en passant, est qu'il va me falloir arracher ton frère à demi dévoré des griffes mêmes de la tigresse), et pour finir tu t'es abandonnée sans dessein véritable au penchant secret que tu éprouvais pour Frank. De dessein je suis convaincue que vous n'en aviez formé ni l'un ni l'autre. J'aurais bien aimé le détail d'un incident concret pour m'y raccrocher : tout est préférable à cette lente et régulière glissade de la monotonie sentimentale dans le sillon des jours sans histoire. A y réfléchir, ce fait de n'avoir mentionné aucun incident, donné seulement l'analyse effrayée de ta sensibilité ainsi qu'une chronique d'expérience intérieure m'inquiète sérieusement. Réponds-moi immédiatement pour me faire part de tes projets, et pour l'amour de Dieu engage-toi dans l'action, fais quelque chose de positif, organise des fêtes ou des plaisirs. Laisse là ta vie de château, ses bonnes œuvres, ses civilités puériles et honnêtes, pour le présent du moins. C'est à Londres qu'il faut installer une demeure construite sur la saine raison !

HELENA MIDHURST

Ashton Hildred, 6 avril

Eh bien, ma chère petite, me voici donc de retour après ce voyage à Londres entrepris pour étudier l'embrouillamini familial, et il me semble maintenant que je commence à le mieux comprendre. Quand je t'ai écrit le mois dernier, j'étais découragée, stupide sûrement, tu m'as vue dans la confusion. J'étais troublée par une impression de gâchis sans être capable de concevoir clairement le moyen d'y remédier. Me voici convaincue à présent que rien de regrettable ou malencontreux ne risque de se produire. Appliquez-vous pourtant à ne plus donner prise aux commérages. Je caresse un projet de long voyage qui nous débarrasserait de ces deux jeunes hommes pour tout l'été. Frank est charmant, équilibré, on se ferait fort de le guider par la simple logique du raisonnement pendant la vie entière. Reginald est une tête fêlée qui se ressoudera peut-être avec les années après avoir bien battu la campagne ; pour l'instant elle ne recherche que les coups et j'aurais plaisir à la lui casser moi-même, au lieu de quoi, contente d'encourager sa manie rimailleuse, je flatte l'échine de sa jeune muse déchaînée et caresse le poète en parlant publication, jusqu'à le faire ronronner sous ma main. Remercions les cieux de cette soupape de sûreté poétique. Entre cette occupation et son *engouement* soudain pour la politique étrangère, l'armée des libérateurs et cent autres choses du même acabit, on parviendrait peut-être à le tenir à l'écart des bêtises, mais avec ce genre de nature on n'est jamais certain de rien. Ce qui me ravirait serait un enrôlement positif dans quelque absurde légion de volontaires destinée à joindre le Quadrilatéral, et fermement encadré par une horrible racaille de *picciotti*. Il se battrait d'ailleurs comme un lion si on savait le former. Imagines-tu le petit chéri sous les haillons de la chemise garibaldienne, foulant le cadavre des dynasties écroulées, au pas et au son d'une nouvelle Marseillaise plus bruyante encore ! Se frotter à la réalité nue de ses théories lui ferait le plus grand bien. Sans compter que, s'il venait à être tué, la famille serait épargnée au matin d'une rouge république : on peut faire appel à la clémence des Comités de Salut Public quand on possède un martyr archifou. De plus son père en mourrait (j'ai la certitude que le destin de Redgie est de faire *crever* son père de rage, de honte et d'horreur, ce qui contribue à la faiblesse que j'ai toujours éprouvée à l'égard de ce garçon). Mais si tu savais, mon Amy jolie, à quel point je trouve absurde ce réchauffage à blanc de l'idée révolutionnaire chez les jeunes d'aujourd'hui, moi qui ai rencontré des hommes qui furent mêlés à la révolution française !

 « *J'ai connu des vivants à qui Danton parlait.* »

Tu n'as pas oublié ce vers magnifique de Hugo ? Le mettant sous le nez de Reginald lors de sa dernière déclamation de sornettes italiennes, j'ai pu réfuter ses arguments avec les paroles mêmes du maître. Et c'est vrai : mon père, ainsi que mon cher vieil ami M. Chetwood, étaient à Paris pendant cette époque dangereuse, ils en ont vu les héros et connu les étrangetés.

Mais j'imagine que tu aimerais connaître dans le détail mon séjour à Londres. Comme tu le sais mieux que personne, j'avais votre hôtel à ma disposition (Cheyne s'est montré très délicat en m'offrant de nouveau sa maison, épargnant ainsi à une vieille parente l'ennui de te demander, de quémander cette faveur) si bien que, grâce à la compagnie de ton père, nous avons fait un voyage très agréable en dépit de compagnons de route épouvantables. Après un ou deux jours de repos je m'en fus voir les Radworth. Ernest a l'air d'avoir cinquante ans ! S'il a jamais montré deux sous d'esprit je dirais qu'il nous avait caché son âge. Mais il sera quasi immortel (je ne parle pas de ses travaux) à moins, cela va sans dire, qu'elle ne l'empoisonne — et là je suis persuadée qu'elle le ferait si elle l'osait. Elle-même a vieilli, je prédis que d'ici une année ou deux elle ne présentera plus aucun danger, même pour les petits garçons. Quelle conversation singulière nous avons eue toutes les deux ! (Pas ce jour-là, mais la semaine suivante.) Le lendemain je vis Reginald qui a complètement perdu la tête à cet égard, complètement. J'admire une telle puissance de folie ; un homme capable d'extravaguer de la sorte devrait en son temps, montrer une grande puissance de sagesse. Apparemment il n'a même jamais rencontré d'être aussi noblement beau, d'aussi gracieusement parfait ; la moindre des actions de cette dame est accomplie de façon incomparable. C'est la vertu dans toute sa gloire, douée d'une ineffable patience, du sens de la pitié, d'une indulgence atteignant au sublime, d'une répulsion divine à l'endroit du mal, et cent autres qualités ne pouvant qu'ennoblir ceux qui l'approchent. La contempler c'est devenir juste et brave ; l'écouter c'est recevoir un nouveau baptême d'où l'âme de l'auditeur renaît, purifiée, revêtue d'une armure invulnérable ; l'approcher c'est être capable des actions les plus nobles ; le toucher de sa main immunise contre les désirs mesquins. Devant elle l'impureté succombe, empoisonnée. Ce que chacun possède de meilleur, tout ce qui fait un homme digne de ce nom s'épanouit en moisson à la vue de tels yeux. Acceptant ces assertions (étonnantes sans doute mais incontestables) comme un fait positif, je manifesterai le désir de savoir si Ernest Radworth représentait ce parfait idéal de l'homme en gloire (Ernest étant bien un martyr, mais d'un héroïsme assez passif). Si l'approcher suffit à rendre semblable aux demi-dieux, avançai-je franchement, à quelles cimes son mari n'a-t-il pas dû atteindre après six années de vie commune ? Notre jeune ami pense que cette influence divine a pris un tour contraire à l'endroit du mari. L'ignoble, l'abjecte nature de cet homme en-deçà de la rédemption, stupide et dépourvu de la moindre noblesse, n'a pu être touché par « Elle ». Par voie de conséquence, la proximité de l'être le plus noble qui ait jamais existé l'a enfoncé dans la dégradation. Ceux qui, soumis à de telles influences, ne sont pas capables de brûler d'une humanité supérieure ne peuvent, semble-t-il, que s'endurcir dans leur bestialité. C'est après de longues réflexions que Redgie a acquis cette certitude. L'étude des caractères, l'expérience de la vie, la simple évidence du bon sens se sont combinées pour le conduire à formuler avec regret une conclusion aussi terrifiante. Son comportement à elle en est sorti magnifié : combien il faut louer la façon avec laquelle elle accepte cette situation, ainsi que l'admirable manière dont elle supporte le fardeau conjugal ! Comme j'abordai la question de la maternité, il sombra en pleine incohérence. Je n'ai pas très bien saisi ses raisons, mais apparemment l'absence d'enfants est un joyau de plus à ajouter à « Sa » couronne. Il trouverait de la spiritualité à une bosse, découvrirait l'angélisme d'un pied-bot. Et avec tout cela, c'est comique d'évidence, il est la victime d'une attraction purement physique. Ses appas, quels qu'ils puissent être, sont à l'origine de ces déclarations et de tout ce vacarme. Ah, nous pouvons nous féliciter, malgré nos faiblesses, de n'être pas nées dans le sexe opposé.

Après cet échantillon de l'état d'esprit régnant je pensai qu'il serait opportun de mettre la main sur la dame afin de l'écouter à son tour. Elle parla d'abondance. J'ai toujours dit qu'elle s'exprimait à ravir, et à cette occasion elle fut admirable. Pour commencer, elle qui n'a pas trente ans (cette fois je l'admets), me donna une leçon d'anatomie morale digne d'une sexagénaire passionnée de psychologie. Elle fit le tour de la question avec une impartialité absolument merveilleuse. L'affaire entière traitée de très haut et dans un esprit de recherche scientifique digne de son époux. Pas question même de considérer Redgie comme un frère ou comme un ami, aucun sentiment : voilà qui est génial. Il la distrait, elle le trouve délicieux, croit en son avenir, admire ses grandes qualités et apprécie à sa juste valeur un tel admirateur pour l'animation qu'il a apportée dans une vie par ailleurs légèrement morose. Non qu'elle se plaigne, elle est bien trop fine pour *poser à l'incomprise*. Je lui fis remarquer que ce genre d'amusement ne faisait pas partie des jeux autorisés par la société de notre temps, qu'elle risquait de se brûler les doigts à un prochain tour de cartes. Je fus écoutée d'une façon exquise. Tout en avouant qu'elle n'était pas sûre de bien me comprendre, effrayée pourtant par ce que je semblais entrevoir, elle se réfugia dans une noble confiance en la nature humaine, et prit pour finir le ton britannique le plus pur. L'enjeu de la partie resta toujours voilé, aucune de nous deux n'ayant pu même concevoir une telle éventualité. La situation est parfaitement innocente, elle fait honneur à chacun, et c'est bien ce qu'elle a de pire. Dans le platonisme presque toujours, chacune des deux parties invite par quelque point à l'admiration. La présence d'un simple grain de bon sens et de vertu ne fait que rendre le maniement de l'explosif plus dangereux. Elle mène admirablement sa petite barque, et Reginald est nettement supérieur aux garçons de son âge, faits de pâte malléable ou d'argile fossilisée.

Arrivée à ce point, comprenant qu'il était inutile de poursuivre l'analyse je rompis les chiens. Nous nous trouvâmes bientôt sur le sujet de son frère et de son avenir. Elle s'y montra pleine de cœur et d'espérance. Il semble lui avoir parlé de son désir de voyager pendant au moins quelques mois, idée que je n'ai pu qu'encourager. Tu peux imaginer la délicatesse avec laquelle ce sujet a été traité. Clara pense qu'il redeviendra bientôt lui-même. Si cela peut t'apporter une consolation, nous n'avons pas l'intention de le marier. Il vaut mieux qu'il demeure libre. Actuellement tu règnes beaucoup plus sur l'esprit de ce garçon qu'elle ne veut l'admettre. Je regrette de le dire mais c'est vrai. Prends bien garde, ma petite chérie, et reste à l'écart, c'est le moment. J'ai appris (par Ernest

Radworth, car sa femme n'en avait pas dit mot, du reste lorsqu'il aborda ce sujet ses yeux à elle étincelèrent de vexation le temps d'un éclair) qu'il existait un grand projet de vacances maritimes pour l'été prochain. Redgie en fait naturellement partie, Frank aussi bien sûr, les Radworth, et vous deux. Je te conjure de n'y pas aller. Mais qui vous oblige donc à vous agglutiner aussi bêtement les uns aux autres ? Tu m'annonces que vous partez enfin pour Londres, où vous vous trouverez d'ici dix jours, avant le début de mai. Restez-y jusqu'à la fin de la saison mondaine et puis retournez dans le nord ou allez à l'étranger. Le yachting est une chose ridicule ; cela te fera du mal, je le sais. Le *soupir entrecoupé de spasmes* sur le pont d'un navire ? C'est plutôt dans l'autre sens qu'on sanglote. Pense un peu au très prosaïque mal de mer. Cheyne serait ravi ? Dégoûte-le au plus vite de ce projet dont l'idée lui serait venue à Lidcombe avec Redgie, m'a dit Ernest (il a cessé de le nommer Harewood, mauvais signe, *foenum habet*, s'il devient enragé nous saurons arranger cela. Mais j'oublie que je ne t'ai jamais laissé batifoler avec la langue latine. Alors efface ma citation. Personnellement, je ne biffe jamais, le seul résultat étant de mettre en appétit la curiosité du lecteur. Et je ne vais pas recommencer ma lettre).

Lorsqu'est venu le tour de Frank j'ai été encore plus charmée que je ne l'escomptais. Il a fallu assez longtemps pour le mettre en confiance. C'est un garçon doué de réserve et d'esprit pratique. Quel repos, quelle fraîcheur après cet autre fou qu'aucun de nous n'est encore parvenu à diriger ou à retenir (n'empêche, je l'aurais bientôt en main, *et puis gare aux ruades !* Pour se cabrer il se cabrera celui-là, mais il aura la bouche en sang et les flancs labourés). Ni affectation ou agitation d'aucune sorte, un jeune homme tranquille dont on ne peut que se louer, me semble-t-il. Assez timide et circonspect, je n'ai rien pu en tirer à ton sujet, alors qu'il a parlé de sa sœur avec beaucoup de naturel. Je vois à la perfection leurs points de ressemblance maintenant, et ce que leurs natures ont aussi de dissemblables. Il ne cède en rien à Clara pour l'intelligence mais il est moins vif, et plus fin, sa voix a beaucoup de charme, elle est d'une tonalité ferme, d'un bon registre. Je le dirai d'une nature supérieure à celle de sa sœur, plus ouverte, plus spontanée, autrement limpide, et capable d'efforts beaucoup plus soutenus. On retrouve la mère dans le visage de chacun de ses enfants mais avec la marque de John heureusement qui rend fort supportable.

Que reste-t-il à ajouter ? De crainte de te fatiguer une fois de plus, je préfère m'en tenir là. Me comprendras-tu si, en cas d'une rupture graduelle entre Cheyne et Frank, je te suggère de tout faire pour agrandir et affermir cette cassure, et cela de la façon la plus naturelle, la plus tranquille ? Je pense que c'est ton devoir. Inutile d'en venir à la froideur, juste cette sorte de rapports éloignés où l'on navigue sans péril à égale distance de l'intimité et de l'inimitié. La famille entière, tu le sais, a cessé de le considérer comme l'héritier présomptif : il faut bien que tu nous permettes de nous tourner vers toi dans l'espoir du prochain petit lord Cheyne. Ne vois-tu pas de toi-même combien il serait préférable pour lui de cesser de papillonner autour de Lidcombe afin d'aller solidement établir sa vie ailleurs ? Je sais que ma chère petite-fille reconnaîtra la sagesse de ce que je dis. Non que ces conseils, je l'espère et je le suppose, lui soient personnellement nécessaires. Bonsoir, ma bien-aimée, sois sage et heureuse. Et surtout ne va pas t'affliger plus que de raison sous le poids du grand conseil héréditaire de

Ta grand-mère qui t'aime tendrement,

HELENA MIDHURST

Londres, 15 avril

Vous m'aviez promis d'écrire, par deux fois, et je n'ai encore rien reçu. Vous ne pouvez pas concevoir le besoin que j'ai de voir, seulement, votre écriture. Il m'arrive, la nuit, de me demander où vous êtes, et parfois je n'ose aller dormir, dans la terreur de le savoir. Oh, si je pouvais vous supplier, vous persuader de partir à cause de cela ! En imaginant même que cette possibilité (la pire) ne soit qu'un phantasme de ma peur — l'est-elle bien ? — même avec cette espérance je ne puis supporter de vivre. Je n'existe, en fait, que par une seule croyance : c'est que cette année ne s'achèvera pas pour nous comme la précédente. S'il me faut être loin de vous, s'il vous faut rester avec lui, qu'on ne me demande pas de m'accommoder de l'existence. La réalité est trop monstrueuse et trop honteuse pour qu'on la laisse aller son train. Que d'autres, l'âge aidant, s'en amusent, s'ils l'osent. Nous, nous ne pouvons à la fois vivre et mentir. Votre grande âme est capable d'accomplir avec noblesse toutes les justices. Vous m'avez dit une fois que, connaissant le fond de votre cœur, il me fallait abandonner le rêve et l'espérance, mais que vous ne me retiriez pas ce qui m'appartenait. Je vous connais aussi bien que je vous aime, et n'en espère que plus. Si cette confiance s'entachait de quelque chose de méprisable, pourrais-je vous laisser effleurer par elle ? J'attends de vous une grandeur égale à ce que vous êtes. Ce n'est pas pour moi — j'ai honte seulement d'avoir à m'en défendre — que je vous conjure de rompre le compromis repoussant dans lequel vous vivez. Ce que vous faites est une insulte à Dieu, un outrage envers les hommes qui vous voient. Pensez à ce qu'il vous faut endurer ! Quels sont, je vous le demande, ces droits que vous lui laissez d'agir en époux ? Vous savez bien qu'il n'a pas plus de droits sur vous que vous n'avez de devoirs envers lui. Lui accorderiez-vous celui de vous retenir de force, si vous étiez décidée ? Rester délibérément avec lui serait la pire des mauvaises actions. Qui osera vous reprocher de partir ? Croyez-vous qu'on ne vous blâme pas en ce moment ? Moi, j'affirme que vous n'êtes pas faite pour vivre avec lui. Sinon, pourquoi vous admirerais-je ? Qui m'a enseigné la noblesse féminine si ce n'est vous ? Ah, vous le savez bien, est-ce que les autres femmes choisissent avec autant de fermeté entre le voile d'un désespoir secret et irréprochable, et ce honteux, ce furtif bonheur pris sous le masque ? Sans vous pourtant, je n'aurais été que trop heureux d'en ramasser un à vos pieds pour en dissimuler mon visage. Rien que d'y penser me rend à demi fou de honte. Avoir été capable, vous présente, de concevoir pareille fausseté donne la mesure de mon avilissement... Maintenant que vous m'avez enseigné la droiture (et je donnerais ma vie pour vous montrer à quel point ma passion s'est accrue depuis lors) c'est à mon tour de venir vous demander d'être la bravoure même. D'une façon toute simple. C'est sans feintes que je vous demande, que je vous implore de partir. Je vous sais incapable de mentir, mais le silence est une sorte de simulation. Parlez clair, au nom du Ciel, afin que tous ceux qui vous entendent puissent vous révérer comme je le fais. Pensez à la protestation sublime que vous allez élever contre le mal et le mensonge ! une protestation telle que les plus médiocres en seront bouleversés et transformés. C'est une action si simple à accomplir, et si noble. Dites les raisons de votre départ, et partez sans vous retourner. Mettez-vous sous la protection de votre frère, rendez-vous immédiatement chez lui en quittant l'odieuse maison où vous vivez. Frank est très jeune, c'est vrai, mais il saura reconnaître la grandeur de votre geste. Peut-être n'est-on jamais à mieux d'apprécier la noblesse qu'à son âge. Les très jeunes hommes savent aimer le bien et haïr le mal plus passionnément que les hommes faits. Que vous l'ayez choisi pour vous protéger et vous servir, donnera à Frank un sentiment de triomphe. Quant à moi, si vous voulez bien me laisser croire que j'ai joué un rôle en vous aidant à accomplir cet acte fait pour inspirer à tous les hommes la pure dévotion et l'amour dont je brûle, j'aurai ma récompense. Je veux croire que vous me permettrez de vous revoir. Je voudrais donner ma vie pour Radworth, me passer de tout pour lui venir en aide. Comment un homme, même un homme comme lui, pourrait jamais se consoler de votre perte ? Mais c'est la destinée. Quant à nous, enfin, nous saurons comment vivre... Je vous conjure de lire tout ceci et de me répondre. Il n'existe d'ailleurs qu'une seule réponse. Que Dieu m'aide à comprendre ce que vous désirez que je sois, qu'il me vienne en aide pour exprimer ce dont en tout cas je suis certain : que je vous aime comme nul homme n'a jamais aimé nulle femme. Comment désormais vous nommer, comment signer ma lettre, je ne sais. Et je tremble d'en dire plus.

REGINALD HAREWOOD

Blocksham, 28 avril

Mon cher cousin,

Un mot avant tout : n'allez pas croire que je me sente dans l'obligation de vous répondre. Si je vous écris, c'est de mon plein gré, sans frayeur. Et ne vous flattez pas de m'avoir fâchée. Vous ne me verrez pas non plus chercher à lire entre les lignes — et Dieu sait que les sous-entendus ne manquent pas dans votre lettre. Sérieusement, qu'est-ce que cela signifie ? Ce que vous voulez, je le devine. Mais comment pouvez-vous espérer me faire écouter de semblables propos ? Et devant quoi, s'il vous plaît, devrais-je prendre la fuite ? Quelles raisons aurais-je de changer ma vie ? Vous avez une étrange façon d'interpréter les confidences. Je n'ai pas plus l'intention d'abandonner le foyer conjugal sous le prétexte qu'Ernest et moi manquons de points communs, que je n'ai songé à épouser un homme pour ses *beaux yeux* ou son titre. Je hais l'hypocrisie. Vous vous trompez entièrement à mon égard. Parce que je suis franche et d'une nature ouverte, et que (par contraste avec mon existence) je recherche les choses et les gens animés de vie, vous me prenez pour une tigresse enchaînée, une Mme Sand, une prophétesse condamnée à accomplir quelque horrible mission de révolte, un colis bourré de dynamite expédié par la morale de l'avenir. Il n'en est rien. Je ne suis ni opprimée ni exaltée. Je ne ressens aucun désir de libération. A vous entendre, on me croirait sur le point d'être dévorée par un dragon. Et si cela était, comment comptez-vous me délivrer ? « La destinée de chacun est ce qu'il est capable de supporter », cette phrase, lue hier, dans le dernier livre de Blamont, m'a touchée. Je compte bien porter mon faix. La vie se charge de faire de nous de bons chevaux de bât, on vous verra à l'ouvrage à votre tour. Et même s'il m'arrive de peiner ou de renâcler, et même si je suis en effet enchaînée à un rocher, devinant l'approche du monstre « sorti de la cruelle et triste mer » ? Des femmes meilleures que moi ont ainsi vécu, sont ainsi mortes. Comptez-vous transpercer mon dragon ? Cela m'étonnerait. Ce n'est pas une méchante bête. Elle ne me veut pas grand mal, c'est à vous qu'elle pourrait en faire. Les monstres préfèrent de beaucoup croquer le chevalier que la dame. Contentez-vous d'un bon voisinage. Aimez-moi d'une amitié tranquille, toujours. De bonnes pensées venues de vous me causeront plus de reconnaissance que les grands à-coups. Contentez-vous des premières, il n'est pas en votre pouvoir de m'assener les autres. La bonne volonté, une affection généreuse, sont des sentiments charmants qui rendent heureuses les natures après tout aimables. Pour ma part ces dons font ma joie, et je les accepte de tout cœur. Que voudriez-vous faire d'autre pour moi ? Que pourriez-vous me donner de mieux ? Est-il en votre pouvoir de modifier une vie — la mienne — déjà tracée ? Elle a vu son commencement avant la vôtre : vous savez que je suis votre aînée, vous savez sûrement de combien, peut-être en a-t-on légèrement exagéré le chiffre, qu'importe.

Je vais vous dire comment j'aurais aimé être et comment je vivrais si je le pouvais. Je partirais de plus haut. Je voudrais être magnifique, plus belle, héroïque, plus charmante à voir et à connaître, me plaire davantage à moi-même. Etre la première parmi les femmes et unie au plus grand des hommes : ni Eve ni Jeanne d'Arc pourtant, ni Cléopâtre, mais quelque grande incarnation nouvelle. J'aimerais vivre d'une vie plus haute encore que celle qu'ont imaginée les héros. Alors toutes les vertus seraient miennes. J'aurais tout ce que je désire et, par-dessus le marché, la possibilité de ressentir à mon égard révérence et amour dans la dignité de l'honneur. Ma vie et ma mort composeraient ainsi « un royal poème en deux parties accomplies » ! Cela, oui, serait plus beau que mon existence telle qu'elle s'est faite. J'aurais pu trouver comme compagnon un plus grand homme (un meilleur, j'en doute), mais après tout moi aussi j'aurais pu naître avec plus de grandeur. De telles comparaisons sont impossibles. Je me déclare satisfaite de mon sort : de vrais amis ne peuvent qu'y ajouter.

J'ai fait exprès jusqu'ici d'écrire d'une façon aussi amicale que possible, sans faire allusion au ton déplacé de votre harangue ; maintenant permettez-moi de dire qu'il était un peu absurde. Parce que je ne possède pas tout ce que la vie me doit (considérons que je ne suis pas non plus celle que je pourrais être), vous souhaitez que j'abandonne mon mari afin d'aller, seule, consacrer mon existence aux nobles exigences de la revendication féminine, de la liberté et de la justice universelle ! Que vous en semble, maintenant ? Ne parlons pas de l'inconvenance d'une telle proposition, ne nous demandons même pas si j'aurais dû seulement l'écouter. Ce n'est pas le jugement du monde que je prends à témoin. Je n'évoquerai même pas les conséquences immédiates et inévitables d'un tel acte. Supposons que je sois libre d'agir et qu'il y ait d'impérieuses raisons à mon départ. N'en existe-t-il pas autant pour que je reste ? Réfléchissez une minute aux suites d'une telle décision. Pensez-y sérieusement et osez me conseiller d'abandonner Ernest, sans cause, juste parce que c'est faisable et me le prouver à moi-même ; ce ne serait pas méprisable, cela ? Il me faudrait le déshonorer, empoisonner sa vie, ses joies et, employant à ma satisfaction vaniteuse une liberté qui lui coûterait sa propre estime et la paix domestique, lui dérober ces deux biens d'un seul coup ? Qu'on ne compte pas sur moi pour cela. Je ne rejetterai pas un homme qui a placé en moi sa confiance et son respect — son amour à sa façon —, qui m'a confié le soin de sa vie. En m'épousant il n'a rien réservé, il s'est montré généreux, et j'ai reçu, à tout prendre, plus que je n'ai donné. Je souhaiterais seulement, pour ma propre estime, lui accorder davantage. Mais ce peu que j'ai donné, du moins, je ne le reprendrai pas.

Non, il faut supporter les choses telles qu'elles sont. Nous ne sommes pas les seuls porteurs de créances. Chaque vivant a droit à sa part de bonheur et pourtant, de cette part, croyez-vous que la majorité d'entre nous reçoive justice ? N'est-ce pas vous qui m'avez montré, il y a déjà longtemps un passage des *Essais* de Chalfont où il dit — je viens de consulter l'ouvrage à l'instant, la page est encore marquée d'un signet de papier à vos initiales, le paragraphe commençant ainsi : « Tu prétends que les dieux te doivent plus qu'ils ne t'ont donné, que ces dons reçus de leurs mains sont encore insuffisants. Tu t'aperçois également qu'il est possible de se servir soi-même, de se tailler une nouvelle portion de bonheur. Tranche, alors, sans trembler dans le pain de la vie. Mais as-tu songé au prix de ta satisfaction ? As-tu songé aux chairs vivantes, frémissant autant que la tienne, à ces cœurs aussi précieux que le tien, fendus et dépecés ? Leur sang versé pour ton plaisir te rendra sûrement glorieux. Empare-toi de tout ce qu'ils ont, bien qu'eux aussi désirent davantage, prends tout afin de ne manquer de rien... Renonce, je t'en prie, à ce pain de ruse et de violence, au goût facile de la trahison et de l'égoïsme : il est des choses plus terribles que de renoncer à son désir. Une âme empoisonnée est autrement à plaindre qu'une âme inassouvie. »

Ah, lorsqu'on lit des mots comme ceux-là, peut-on encore chercher à satisfaire ses volontés et ses caprices ? Peut-on prendre en considération le souvenir de ses pauvres désirs et de ses préférences ? Je pourrais être plus heureuse ailleurs : et alors, petit cousin ? Je connaîtrais une plus grande fierté de moi, le sentiment d'une dignité plus haute : ce sont là sans aucun doute les plus belles satisfactions qu'on puisse désirer ressentir. Mais ai-je le droit de les voler à l'homme qui, justement m'a fait confiance pour lui conserver cette même estime, ce don que chacun, résolu à ne pas le perdre par sa faute, est en droit d'obtenir et de conserver ? Pour ma part, Reginald, je suis décidée à protéger le mien et n'en dépouillerai pas davantage autrui, pour rehausser les délices de ma vie avec la moitié volée à la leur.

C'est vous qui m'avez appris à admirer cet Américain élevé dans le souffle de la liberté, vous qui disiez qu'il n'existait pas, de par le monde, un plus grand adorateur de la justice.

J'ai également découvert dans la bibliothèque de mon mari, des « Paroles d'Aboulfadir » (faisant partie d'une collection intitulée « Les Sages de l'Orient »). Je m'arme de philosophie comme vous voyez, et aussi de littérature. Pardonnez-moi ce sermon : il m'aurait été impossible de répondre tout du long à une lettre comme la vôtre, sur un ton léger.

J'espère que vous n'allez pas vous fâcher avec moi : puis-je ajouter, en terminant, que cela me ferait du chagrin ? Il faut trouver à vous occuper l'esprit avec d'autres choses passionnantes, sans pour cela oublier, ou piétiner, une vieille affection. « Tant de bonnes actions nous attendent en ce monde », dit encore votre ami Chalfont. En ce qui concerne ma petite personne, elle n'a rien de mieux à faire que de rester fermement attachée à son bien, de s'abstenir de mal agir. Encore une fois pardonnez-moi si, par quelque point, cette lettre vous a fait de la peine. Que personne d'autre que vous n'en prenne jamais connaissance.

Adieu.

Londres, 7 mai

Je viens de lire votre lettre à deux reprises avec soin, sans parvenir à comprendre la raison pour laquelle il faudrait renoncer à nos projets. Ma sœur, je le sais, compte sur votre présence. Imaginant néanmoins de quel côté a soufflé cette idée de changement, je ne parviens pas à croire que vous puissiez vous laisser influencer ainsi. Présumant que le point de réunion générale serait Portsmouth, ou Ryde, je me suis engagé à faire la moitié du voyage avec votre frère qui ressentirait l'échec de nos projets comme une véritable catastrophe. Pensez-vous que lord Cheyne ait changé d'humeur ? Dans ce cas il n'y a qu'à s'incliner. Mais vous parlez d'une façon tellement incertaine « d'avoir à y renoncer » et « de n'être pas entièrement fixés sur nos déplacements de l'été » qu'une allusion m'a peut-être échappé. Un mot de votre part sera suffisant pour nous, cela va sans dire, ce ne sera pas si simple avec Reginald, qui est tout feu tout flamme au sujet de cette croisière. Je l'ai toujours considéré comme un de ces êtres atteints de la nostalgie de la mer ; au collège déjà il se lamentait souvent de ce que son sort l'ait écarté de la carrière de marin.

J'en suis resté là hier parce que je craignais de dire autre chose. A présent, comme mon intention est de terminer cette lettre et de l'envoyer quoi qu'il puisse advenir, je parlerai franchement. Je me refuse à croire que vous allez anéantir tous nos espoirs, toutes nos habitudes, et ôter son but à ma vie. Je ne me flatte pas d'avoir été distingué parmi les parents et les amis auxquels vous êtes attachée, et ce n'est pas non plus au nom de mes sentiments personnels que je plaide. Vous n'êtes pas femme à prendre peur, à vous effrayer de mots et de choses innocentes et je puis affirmer (Dieu en soit loué) que je mourrai pour vous éviter déplaisir ou souffrance. Rien ne m'intéresse profondément hormis ce qui vous touche, ce n'est pas pour me distraire ou tuer' le temps que je recherche votre compagnie. Je ne dis pas cela non plus pour obtenir une faveur, je ne demande rien : si vous mourriez cette nuit j'aurais déjà reçu plus que ma part de joie ! Quand j'ai le bonheur de vous revoir, je suis heureux comme en ce moment rien qu'en pensant à vous. Existe-t-il une raison pour m'arracher ce bonheur ? Qu'est-ce que le monde peut trouver à redire à la limpidité même, sinon révéler sa corruption et faire entendre sa sottise. Mais vous me faites confiance. Je n'ai pas à vous montrer l'exemple : nous détestons autant l'un que l'autre les mots usés et le stupide charlatanisme de l'amour.

Quelquefois il m'arrive de me dire que vous parviendrez à vous attacher un peu à moi. Je sais que vous allez détester cette phrase. Le mot final du paragraphe précédent est peut-être malvenu. Je me souviens de la façon dont vous parlez de ce qui vous paraît haïssable.

Reginald et moi sommes souvent ensemble maintenant, il m'a l'air bien. Je l'apprécie beaucoup, sans pourtant lui envier sa façon de prendre les choses. Ce que j'aime c'est le regarder en me demandant pourquoi l'on trouve qu'il vous ressemble tellement, et aussi l'entendre parler de vous, ce qu'il fait davantage qu'autrefois, me semble-t-il. J'ai du mal à me souvenir qu'il est plus âgé que moi lorsque je vois combien il ressent peu, et connaît mal, une certaine chose.

9 mai

Ceci est resté en suspens un autre jour encore. Je n'ai rien à dire sinon que je ne puis rien dire. Lorsque je vous écris on dirait que j'entends retentir votre voix. Il m'arrive de savoir, d'une façon évidente, ce que vous êtes en train de faire à Lidcombe. Depuis que je me suis assis tout à l'heure vous avez parlé deux fois, et je sais quelle robe vous portez. N'écrivez que si vous en avez envie. Je devine comment vous allez prendre ceci. Je n'y puis rien, comprenez-le. (J'entends Reginald qui arrive). Il m'est impossible de me taire. N'importe, cette lettre partira aujourd'hui, telle qu'elle est.

FRANCIS CHEYNE

Ashton Hildred, 12 mai

Mon cher enfant,

Tu es vraiment impayable ! Je viens de pleurer de rire pendant deux heures d'horloge en prenant connaissance de ta lettre et de ce qui l'accompagnait. Ne va surtout pas te mettre en rage : je t'estime à ta juste valeur, je sais qu'il existe en toi des mines d'excellentes choses mais tu es comique, admets-le. De vieux amis peuvent employer le franc-parler sans s'égorger pour autant.

Devine un peu, mon cher Redgie, ce qui m'était arrivé par la poste, trois jours exactement avant l'épître où tu glissas si adroitement le chef-d'œuvre de prose anglaise composé par Clara ? Mais je suis trop bonne pour laisser ta curiosité à l'épreuve plus d'une minute. Voici : un mot (pas mal tourné du reste) de mon affligée et tendre nièce C.R. accompagné de la dernière lettre que tu lui adressas... Elle se jette à mes pieds (la distance a heureusement amorti son poids et j'ai pu supporter le choc) avec toute sa confiance et sa gratitude. Moi seule peut éclairer et conseiller, soutenir, réconforter. C'est à moi de juger de sa droiture ou de son erreur, dans l'impossibilité où elle se trouve de s'adresser à M. Radworth pour en obtenir des conseils. Une épouse doit-elle, peut-elle... est-il de son devoir d'agir de la sorte, etc., etc. Et tout au long de l'ouverture de son petit concerto vibrait en un leitmotiv à la fois puissant et doucement majestueux, l'honneur matrimonial de l'épouse britannique. Je crus un instant que les problèmes de certains d'entre vous avaient fini par trouver leur solution, heureusement il n'en était rien. Question : fallait-il en tenir compte, essayer de te parler raison, faire appel à la noblesse de ta nature égarée ? Doit-elle simplement considérer ta lettre comme folle ou insultante ? Que non, me dis-je, certainement pas, mais je ne pris pas la peine de l'écrire et me contentai d'en rire à part moi. Pour terminer je reçus avis que, si l'on m'avait choisie comme confidente, c'était afin de me permettre de juger avec clarté, et équitablement, de sa conduite et de la position où elle se trouve. Elle se le devait à elle-même (et s'était largement payée, je lui en envoyais quittance par retour du courrier) préférant taire, autant que faire se peut, ta part de folie. Ceci exprimé d'une façon mille fois plus jolie, d'une plume délicate et retenue, moi je t'en résume crûment l'essentiel. Comprenant (Clara, tu vois, l'a compris) la grande et profonde affection que je te porte, elle sait que je ne puis ignorer la façon dont ta conduite risque de l'affecter, elle, Clara. Pour ta gouverne et la mienne (pas pour la sienne, inutile de le dire) elle me fait part d'un choix varié d'émotions qui parlent hautement en son honneur.

Il me fut nécessaire de reprendre souffle avant de m'emparer de ta lettre. Tu seras heureux de savoir qu'elle ne m'a pas mécontentée : je te félicite même du désintéressement et de la pureté de ta dévotion. Te voilà jouant les Lancelot sous la cuirasse d'Arthur — ou plutôt dans son incarnation nouvelle, sortie de chez le tailleur, d'une mode regrettablement dépassée bien entendu. La vivacité et l'élévation de tes sentiments est proprement idyllique. Prenant en considération ta fièvre cérébrale et la violence de ta passion, ta conduite et ta lettre m'apparaissent très belles, nobles même, si tu me permets ce compliment. Pour ta première montée au feu il est beau de prendre les choses de cette façon. Je suis heureuse de te voir persuadé de la vérité et de la justice de tes paradoxes passionnés. Ta conception de l'immoralité sociale est sommaire. Épris comme tu l'es, et rebelle comme tu l'es, tu trouves naturellement les institutions criminelles et la révolte désirable. A ton âge, c'est autrement mieux que d'utiliser la société pour s'emparer sans risque du fruit défendu : il faut essayer de prendre la place d'assaut si on en est capable, et non s'embusquer derrière les murailles, je suis heureuse que tu t'en sois aperçu. A tout prendre, malgré ton cerveau fêlé tu ne sonnes pas le creux ; tu n'es peut-être qu'un fol, mais tes folies sont dignes d'un gentilhomme. C'est toi qui est « la bravoure même » selon l'expression de ta lettre qui, elle, n'a pas été écrite par un lâche. Je ne t'aurais jamais d'ailleurs pardonné le contraire mais je t'ai toujours fait confiance : il n'a jamais existé une trace de peur chez mon cher Redgie. J'adore le point de vue simpliste de tes propositions audacieuses, et aussi ta manière de concevoir ce que serait l'opprobre. Clara par exemple ne percevra jamais cela, sauf d'une façon superficielle et vulgaire, et ne saisira jamais comme je le peux l'importance de tes premières lignes. Néanmoins ne t'aventure plus jamais sur ce terrain, mon chéri. Non que je t'en aime moins pour cela. En un mot, reconnais que tu avais perdu la raison lorsque cette lettre fut écrite : de mon côté je t'accorde que tu es resté dans les limites de l'honneur. Ta conscience est sans péché (ce qui est *tant soit peu* attristant) et je n'ai pas grand-chose à blâmer (ce qui est pire). Voilà un joli sujet d'essai pour toi, fais m'en un exercice dans le style de Clara.

Autant pour toi. Maintenant parlons d'elle, et je te supplie de lire ce qui va suivre avec patience, et avec toute la confiance en moi dont tu es capable. Tu m'as fait parvenir sa réponse à ta lettre dans un paroxysme d'admiration, avec l'intention de modifier et d'ennoblir une appréciation de Clara que tu savais être des plus modérées. A moi de m'embraser à cette lecture, de comprendre et adorer. N'est-elle pas la noblesse incarnée ? Voyons un peu. Y a-t-il lieu de rendre honneur à tant de merveilleuse pudeur et de franchise, à une générosité aussi parfaite ? Voire, te dis-je... Tu t'es adressé à moi comme à ta meilleure amie (et en effet mon cher enfant, je ne crois pas que tu en possèdes de plus vraie : je me sens en effet une mère pour toi), souhaitant rectifier mes erreurs de jugement et m'amener à une façon de voir plus équitable et plus généreuse. Tu m'estimes assez pour me croire capable de conversion, digne d'agenouillement, une fois la divinité révélée. Tu penses qu'étant faite comme je le suis, je ne peux manquer d'admirer la grandeur et la beauté de la vertu. Voilà me semble-t-il, ton intention, ou du moins ce qui prit forme dans ta tête lorsque tu m'écrivis. J'espère ne pas démentir ton estime, qui me flatte, et que j'essaierai de mériter. Pour commencer, m'efforçant de voir par tes yeux, il me faut admettre que les révélations sublimes de la nature de Clara ne sont pas des moucherons dans ton télescope. La noble missive qu'elle t'adressa sans redouter équivoques ou malentendus, sa lettre si joliment écrite, loyale dans sa rigueur, doit me contraindre à reconnaître ces faits. Un peu de patience et tu recevras au bon moment les délibérations de mon humble jury.

Tout d'abord, quelle explication trouves-tu à cette façon qu'elle a eue de m'écrire ? Dans quel dessein crois-tu qu'elle m'a fait tenir ta lettre ? J'aimerais le savoir. Honnêtement il me semble y deviner le désir d'éviter ennuis ou malaise moral, et aussi une nette frayeur, comme si elle craignait d'avoir à se disculper, ou encore l'espoir de se faire bien voir de moi en se soumettant spontanément à mon jugement. Je suis l'arbitre de son sort : c'est à moi qu'il revient, sur sa demande et ayant en main de telles preuves, de la déclarer admirable, digne d'éloges, alors que toi, pauvre enfant perdu dans les affres de la jeunesse, tu es seul coupable. Crois-tu vraiment qu'elle ait obéi à d'autres mobiles ? Qu'est-ce que j'ai donc à voir là-dedans ? Je suis sa proche parente, c'est vrai. *Et après ?* Nous avons toujours entretenu d'excellentes relations. Et alors ? Elle n'a nul besoin de s'adresser à quiconque, elle est bien en âge (cela elle ne peut le nier, ni faire planer un doute) de s'en sortir toute seule. Tu imagines qu'elle s'est adressée à moi dans ton intérêt ou par inquiétude pour toi ? Moi non. Fais-moi le plaisir d'y réfléchir : ai-je le pouvoir de lui venir en aide ou de te ramener à la raison ? Ce qui aurait pu se produire et ce qu'elle espère, c'est de se hausser dans mon estime (elle a toujours eu assez d'intelligence pour comprendre que je ne me leurrais pas à son sujet), prévenant ainsi par ma simple

91

approbation — pour ne pas dire mon admiration — un risque d'ennuis futurs. Comme tu peux t'en rendre compte, le coup n'est pas maladroit, c'est bien le genre de finesse que je lui ai toujours reconnue. Très bien joué également l'envoi de ta lettre : n'étant pas assez bête pour m'adresser platement une supplique vertueuse, elle tenait à ce que j'aie en main des preuves, et non de vagues extraits ou un résumé. Somme toute elle se flattait d'obtenir un jugement favorable de ma part. Elle voit loin, sa vue est plus perçante qu'on pourrait le croire étant donné ce qu'elle est. Seulement il existe un autre facteur dont elle aurait dû tenir compte : c'est que je vous connais l'un comme l'autre depuis que la pensée s'est éveillée dans vos petits corps animaux. Elle n'a pas formulé un reproche à ton égard, pas l'ombre d'une accusation ; c'était à moi de tirer mes conclusions.

Venons-en à la lettre qu'elle t'a envoyée. J'avais heureusement pris connaissance du dossier auparavant. Eh bien franchement j'en éprouve plus de surprise que d'admiration. J'attendais mieux de sa part. Comme la pudeur lui interdit les alarmes de la colère et qu'elle n'est pas femme à tomber dans l'homélie religieuse, il ne lui restait, tu le vois, qu'à mêler audace et principes. De ce point de vue son début n'est pas mauvais. Mais comment parviens-tu à tolérer ce ton ? A-t-on jamais écrit de la sorte ? L'ironie, comme vous le dites maintenant, est mesquine, pauvre, quelconque ; d'une fausseté flagrante, cette parodie de vertu attristée ; les touches sentimentales, criardes. Comment n'a-t-elle pu mieux faire ? Elle est loin d'être sotte et se donne assez de mal pour ménager ses effets... Quant aux attitudes magnanimes... Honnêtement, n'as-tu jamais pensé qu'elle se moque absolument du monde ? L'histoire de « cet homme en qui j'ai mis ma confiance et qui me respecte... ma propre estime... il s'est montré généreux » et tutti quanti, t'a-t-elle vraiment convaincu ? Elle « a reçu plus qu'elle n'a donné » ! « les seuls porteurs de créances » ! Allons, allons, je te le répète, mon pauvre ami, elle l'a épousé de force en employant griffes et dents, comme le chat s'empare de la souris. Il en était épris bien entendu, mais quant à avoir eu la poigne de la conquérir ! A d'autres. Tiens, cela me rend malade rien que d'y penser. « Le rejeter » ! « Rompre avec lui » ! Prétendre convaincre même un enfant que c'est par estime pour Ernest Radworth qu'elle demeure ce qu'il est convenu d'appeler une parfaite épouse, quelle impudence infernale ! C'est l'impression qu'elle veut donner lorsqu'on les voit ensemble, mais à ton âge on ne distingue rien au-delà des apparences. Sens du devoir ? Elle se soucie autant de devoir et de dévouement que je me soucierais d'elle si, hélas, elle ne faisait partie de la famille. C'est navrant de te voir avaler *ce plat d'argot réchauffé*. Car c'est bien l'argot de la rue, pas même le jargon de mise dans la société. Sais-tu ce que signifie « tomber », simplement même « se compromettre » ? Or elle n'est pas femme, de par sa nature et sa situation, à encourir le moindre risque de paraître *tarée*. Passée une certaine limite, elle devient très raisonnable et prudente. Le point de repère se place en-deçà de la passion sérieuse, à peine au-delà des sentiments communs. Je t'assure qu'on ne saurait rien tirer d'elle d'un côté comme de l'autre. Son plan est de te garder éternellement au bout de sa ligne, sans plus.

Tout bien pesé, je me demande si sa lettre aurait pu être pire qu'elle n'est. Remarque (si tu prends la peine d'observer) qu'elle commence par se réfugier dans les citations avant de se lancer vraiment, et je n'ai jamais vu cette nouvelle manière d'écrire, mélancolique, satirique et introspective, plus malencontreusement employée. Ses sourires navrés se fissurent, comme l'émail. As-tu déjà vu une vieille peau fardée en train de rire ou de pleurer ? Imagine seulement mon visage sous un pouce de rouge et de blanc si je m'avisais de l'orner et de le peindre pour t'écouter pendant cinq minutes... Eh bien, de la même façon, exactement, son style craque, et détruit tout l'effet de sa harangue aux passages moqueurs voilés d'attendrissement. Ça crève les yeux. Ne distingues-tu pas la convention, l'effort du ton doux-amer qu'elle imagine de rigueur dans son rôle de femme inflexible, à l'esprit clair, de jeune beauté spirituelle et vive (non, je n'ai pas voulu écrire « ivre ») qui serait également une noble et modeste martyre de la société ? Il faut que je te dise le bout de la citation qui me vint à la mémoire en lisant cette lettre. Musset, bien sûr.

> *« Triste ! Oh, triste en vérité !*
> *— Triste, abbé ? Vous avez le vin triste ? »*

Si tu avais seulement eu l'esprit de saisir cela et de répondre de la même manière ! *Elle a l'amour triste*, comme la plupart des femmes de son espèce. Parce que, il faut bien l'admettre, elle s'adonne à l'amour, quoique de la façon la moins efficace. Ah, comme je voudrais voir une fin à ce douloureux exemple de vertu verbale et de compromission sentimentale, à ces tensions exquises de la machinerie morale autrement malfaisante que l'enivrement de la sensation brutale ! Tout cela vient de votre littérature actuelle, et je remercie les cieux de m'avoir nourrie de mets plus substantiels. Avoue que le sermon américain passe la mesure, même pour toi. Quant à Aboulfadir, il m'a donné des convulsions comme je n'en avais pas éprouvées depuis l'enterrement de ton grand'père. J'ai cru la voir en train de chercher désespérément une citation. Et tes initiales sur le signet, tu t'en souviens, ô mon triple idiot !

Mais attends encore un peu avant de mettre ma lettre en pièces. As-tu pensé le sens exact de sa dernière flèche, de ce « ne montrez jamais ceci à personne » ? C.Q.F.D. Au nom du Ciel, expédie-moi ça à tante Midhurst la prochaine fois qu'elle dira des méchancetés sur mon compte... Et maintenant Reginald, pas de vilains mots à mon égard. Tu sais que j'ai raison : une femme capable de composer une telle lettre peut également la croire assez bonne pour influencer n'importe qui, pour endormir n'importe quelle méfiance. Ton rôle étant de transmettre (ce qui a été fait) ce plaidoyer destiné à parfaire le grand travail de réhabilitation entrepris une semaine plus tôt par un « au secours ma tante » envoyé dès la réception de ta lettre. J'espère t'avoir clairement démontré le mécanisme de ce coup de maître qui n'est pas dénué de finesse. Tout a été conçu pour que les deux plats, mijotés à point, soient servis avec la même sauce. Après ces machiavélismes elle a dû avoir la tête tout enflée de la certitude d'appartenir à la race des grands diplomates. Un homme peut-être s'y serait laissé prendre. Un collégien en tout cas y a cru. Pour ma part je me sens insultée. Comment a-t-elle pu imaginer qu'un si misérable petit tour de passe-passe suffirait à changer l'opinion que j'ai d'elle ? Je vois trop bien son jeu.

Je te donne un mois, mon cœur, pour calmer ta

fureur et rentrer dans ton bon sens. Jusque-là je consens à te laisser « remâcher par trois fois le lait aigri de la colère », renonçant même à te supplier d'éviter cette croisière dans le midi dont il est question. Renonçant également, si tu y allais, à te recommander de t'occuper beaucoup de ta sœur. Mais je sais que tu n'auras rien de plus pressé que de courir rejoindre tes petits amis afin de perdre ton temps et tes esprits avec eux, sans parler de la noyade dans les méandres de l'amour platonique. J'espère t'en tirer un jour. Je devrais me consoler en pensant que tu ne fais pas de mal à une mouche après tout, que la mélasse ne tue pas, elle se contente de poisser. Tu seras trempé jusqu'aux os dans ces fondrières du sentiment. Sérieusement, si tu vas à Portsmouth, ou ailleurs, retrouver les Cheyne, fais-moi régulièrement savoir où vous êtes et ce qu'il en est. J'espère que l'affection et l'estime qui existent entre nous seront assez fortes pour traverser les bourrasques passagères. Même si je suis une horreur de méchanceté à l'égard de ta cousine, essaie de passer là-dessus. Pense à mon grand âge, je t'en prie. Comment s'attendre à deux sous de jugement et à une ferme appréciation de la vertu, de la part d'une vieille criticailleuse telle que moi ? Autant espérer me faire ressentir la beauté de Clara à ta façon, son élévation morale à ta manière. Si insupportable que je puisse être, nous nous connaissons depuis trop longtemps pour nous tourner le dos. Si j'avais eu un fils dans ma jeunesse les choses auraient peut-être été différentes, mais c'est de toi qu'il a fallu s'accommoder : tu n'es qu'un pis-aller dont je ne me plains pas ! Ah, si j'avais pu t'avoir dès ta naissance, et t'élever sous l'aile de ta mère (étrange partie de plaisir d'ailleurs, et dont ton père a fait les frais) je t'aurais autrement bien dressé. Certes. Et sans économiser les verges, bien que de ce côté-là le capitaine ait accompli son devoir avec libéralité, je dois le dire. A ta naissance, âgée seulement de trente-huit ans (consulte les papiers de famille si tu ne me crois pas), je ne parvins pas à me faire entrer dans la tête que ma fille était en âge de mettre un enfant au monde. Et comme je m'étais toujours languie d'avoir un garçon, dès le premier jour je m'entichai de toi d'une façon idiote ; et maintenant, bien sûr, le temps et la sénilité aidant, cette faiblesse tourne au gâtisme. Il m'est impossible de prétendre que je me suis toujours tenue à ton côté mais tu sais, mon chéri, que cela m'était impossible la plupart du temps : le destin qui t'a maltraité, j'en ai également souffert, ainsi que ta mère. J'aurais voulu être là chaque fois que tu as eu besoin de nous bien qu'aucun garçon, même le plus tendre, ne ressente le besoin de se coiffer d'une grand'mère. N'empêche, cela aurait été salutaire à tous. J'aurais sans doute pu mieux faire, j'ai seulement fait de mon mieux, toujours. En un mot, sachant que je t'aime aussi tendrement qu'on peut aimer, il te faut m'accepter telle que je suis à défaut d'une grand'mère plus parfaite.

Dans ta colère n'oublie pas ce que je viens de te dire, et accommode-toi de moi aussi bien que faire se peut. Mais je sens que cette lettre s'en va à vau-l'eau, que je radote. Et j'ai grand-peur que mes flèches pathétiques ne ratent à tout coup tes sentiments. Mes souffrances risquent d'être si longues (j'en ai peur) que tu finiras bien par t'adoucir. Mais qu'importe, dis-moi ? Sois aussi sage que possible et ne m'envoie pas prématurément dormir du dernier sommeil, sous la parure de mes cheveux blancs.

HELENA MIDHURST

XV / LADY CHEYNE À FRANCIS

Portsmouth, 28 mai

N'écrivez plus, ne persistez plus à vouloir me parler. Si vous avez la moindre affection pour moi, pour aucun d'entre nous, montrez-la en partant. Moi, je suis ligotée. Quand mon mari s'adresse à moi j'en deviens malade de terreur, j'étouffe, j'ai honte même de respirer. A défaut de pitié n'avez-vous pas d'honneur ? Exhibez ma lettre alors, si vous restez. Oh, si Cheyne pouvait me tuer ! Hélas, je crois que même s'il savait ce qui m'obsède il n'en ferait rien. Il est affreusement bon envers moi. S'il me condamnait à mourir sa bonté resterait gravée dans mon cœur. Peu importe d'ailleurs ce qui m'adviendra. Quoi que je fasse, en intention j'ai été parjure, et s'il existait une justice on devrait m'écarter de sa présence. Cette main qui écrit, je la regarde en me disant qu'on devrait la couper, mon alliance me brûle. Je n'arrive pas à concevoir comment les choses sont devenues aussi terribles. Et pourtant, si je parviens à survivre, elles deviendront pire encore. Si je savais seulement comment il faut agir rien ne me semblerait trop dur à supporter. Je n'ai jamais voulu mal agir. Quand je me suis éveillée ce matin j'ai failli devenir folle. Les gens auraient beau affirmer mon innocence, je sais que ce n'est pas vrai. Ne plus aimer est autrement affreux que de partir. Qu'as-tu fait de moi ? de cette femme ignorant jusqu'à ce jour le mensonge et la tricherie ? De moi qui, après une trahison et une hypocrisie semblables, ne vois plus quel crime saurait m'arrêter ? Je n'oserais pas même soutenir le regard d'une autre femme ayant un cœur coupable comme le mien. Tout me dit : ton devoir est de partir pour aller cacher ta honte. Je voudrais tant pouvoir me réfugier chez moi ! mais sous quel prétexte ? Puisque je dois rester aux côtés de mon mari, faites-moi la grâce de partir. Dites à votre sœur que vous vous trouvez dans l'obligation de nous quitter. Que vous vous sentez souffrant. Ou bien, quand Cheyne ira demain à Londres, accompagnez-le et ne revenez pas. Il y a tant d'excuses faciles pour ne pas s'embarquer en croisière. Puisqu'il doit rester la nuit en ville afin de revenir à temps pour l'embarquement, vous trouverez bien une raison de le laisser rentrer seul. Si ton cœur contient la moindre pitié : reste à Londres. Rien, personne au monde ne peut me secourir. Je préfèrerais mourir que de me confier à Reginald. Personne ne pourrait comprendre. Et pourtant si tu savais avec quelle passion je veux, j'espère rester dans le droit chemin, et quel enfer est pour moi cette existence empoisonnée de secrets, comme tu aurais de la peine... Et si tu m'aimes comme tu le prétends, sachant maintenant ce que tu sais, aie pitié de moi. Je ne connaîtrais plus jamais le bonheur, certes, mais si tu pars ce poids intolérable de la honte qui m'oppresse sera peut-être allégé. Jurez de ne plus jamais chercher à m'approcher, à me voir. Dieu me pardonnera-t-il si nous ne sommes plus jamais réunis ? Je me serai tellement efforcée de résister au mal qu'il aura peut-être pitié de moi, lui aussi. Mais pourtant, dans longtemps, si je deviens jamais vieille, oh, comme j'espère alors te revoir !

Portsmouth, 3 juin

Vous devez connaître à présent, ma chère tante, la perte cruelle subie par cette pauvre Amicia, ainsi que son état navrant et notre deuil à tous. J'aurais bien voulu vous donner des nouvelles rassurantes de votre petite-fille, mais elle semble absolument brisée et fait peine à voir. Elle passe des heures sans faire un mouvement, prostrée sur un siège, enfermée dans sa chambre. J'espérais, au début, que cette solitude lui apportait la consolation de la prière ; hélas ! j'ai grand-peur que ce réconfort ne lui soit encore étranger. On la croirait morte. Quand je lui ai proposé de se rendre dans la chambre mortuaire pour un dernier adieu, son visage si pâle devint positivement crayeux, des frissons la parcoururent, je crus qu'elle allait se trouver mal. Mon frère ne vaut guère mieux. Hier, comme un domestique lui donnait son titre, il s'est positivement affaissé dans un fauteuil, d'une manière qui m'a choquée. Il sacrifierait n'importe quoi, j'en suis sûre, pour rendre la vie à son cousin.

M. Harewood, du commencement à la fin, s'est montré le dévouement même. Il a agi comme seul le véritable soutien de notre pauvre petite fille en avait le pouvoir. Amicia ne voit pour ainsi dire que lui. M. Radworth s'était bien offert de le soulager de certaines des formalités attristantes que M. Harewood veut éviter à sa sœur, mais (Francis se montrant incapable de lever le petit doigt) il a tenu à se charger de tout. Je ne sais comment vous dire l'admiration qu'il nous inspire pour la façon touchante dont il prend soin de notre pauvre chérie. Comment, dans ces circonstances, garder le souvenir de sa déraison passée — déraison qu'il a certainement oubliée lui-même ? Ce dont je me souviens, c'est que vous, et vous seule, lui avez toujours rendu justice.

Comme vous devez désirer connaître le détail de ces circonstances tragiques, il est peut-être préférable que ce soit moi qui vous les donne. Nous devions embarquer, comme vous le savez, samedi dernier. Francis, bizarrement, avait commencé par dire qu'il ne nous accompagnerait pas, et il ne céda qu'aux instances répétées de lord Cheyne. Amicia, qui me paraissait très fatiguée — réaction subite, sans doute, à une longue période de tension nerveuse —, n'ouvrait pas la bouche. Tout cela manquait d'entrain, seuls M. Harewood et ce pauvre Edmund semblaient décidés à s'amuser. Ils bavardaient, de projets d'été entre autres, lorsqu'avec une soudaine rumeur du vent et des vagues que j'imaginais due à l'arrivée sur les hauts-fonds, nous passâmes brusquement hors des eaux abritées. Ils insistèrent alors pour se rapprocher de la côte, ce qui me parut dangereux. La houle devenant plus dure d'instant en instant, je m'inquiétai d'Amicia, si facilement mal à l'aise en bateau. C'est à peine si elle me répondit, et à son air je compris que cette mauvaise mer avait déjà commencé à l'éprouver. Je m'avançai, autant qu'il m'en souvienne, et fis signe à mon mari d'attirer l'attention de lord Cheyne. Ernest, absent et nerveux comme toujours, ne comprit pas mon geste et se leva pour venir me parler. Au même moment, une secousse le jeta en avant, et il alla donner de tout son poids sur M. Harewood qui aidait à changer une voile. Après cela, je ne sais plus, j'ai vu la vergue (si c'est bien le nom de ce battant de bois où est fixée la voile *) balayer le pont, j'ai hurlé, j'ai agrippé Amicia et, la seconde suivante, ce malheureux lord Cheyne était à la mer. Il avait essayé, sans y parvenir, de se retenir à Francis auprès duquel il se trouvait alors. M. Harewood sauta derrière lui sans même ôter sa vareuse, mais ses efforts furent vains, étant donné la force du courant. Il fallut le retirer de l'eau, épuisé, presque inanimé. Lorsque j'ai commencé à reprendre mes esprits, le corps de lord Cheyne avait été remonté sur le pont ; Francis, Ernest et les marins l'entouraient, essayant de le ranimer. Amicia, secouée de tremblements, ne s'occupait que de son frère, lui frictionnait les mains et le visage en les couvrant de baisers. Comment sommes-nous rentrés au port, Dieu seul le sait. Amicia semblait frappée de stupeur, elle ne s'est même pas approchée du corps de son mari. Arrivés à quai, il m'apparut qu'elle ne pourrait marcher seule, et que Francis et mon mari auraient à la soutenir. Mais M. Radworth en fut absolument incapable ; quant à ce pauvre Francis, il n'avait pas même le courage de poser les yeux sur elle. C'est encore M. Harewood (à peine en état de marcher lui-même), aidé par un des matelots, qui dut la porter jusqu'à la villa. Les obsèques auront lieu

---

* Note en marge (de lady Midhurst ?) : « Curieuse précision dans un cas semblable. »

demain. Je me demande si mon frère sera capable de mener le deuil ; on dirait par moments qu'il ne lui reste ni force, ni vie.

Ashton Hildred, 6 juin

Mon enfant adorée,

Je n'ai pas voulu laisser partir ta mère, sans quoi elle serait déjà avec toi. Je crains qu'elle ne soit très ébranlée, elle n'est pas même en état de t'écrire, et il a fallu s'occuper d'elle sérieusement. Cette épreuve nous a tous anéantis, il faut pourtant la subir le plus courageusement possible. Mon idée était de t'envoyer ton père avant l'enterrement, c'est elle qui n'a pu supporter de le voir s'éloigner. J'irai moi-même, je partirai demain et te ramènerai avec moi. Ne va pas à Lidcombe, c'est préférable. Avec nous au moins tu auras une paix absolue, et le temps de te remettre peu à peu. En ce moment, tu n'as pas besoin de discours. Les gens qui t'entourent font, je l'espère, ce qui est en leur pouvoir. Félicitons-nous qu'il n'y ait jamais eu le moindre nuage entre Cheyne et toi. A mon avis, votre vie conjugale a été l'exemple même d'une longue harmonie. Le changement est rude. Ceux qu'apporte la mort le sont toujours. Je sais aussi qu'il t'aimait tendrement, que c'était un homme bon et juste, compatissant, et que sa disparition sera profondément ressentie par tous. A l'heure présente tu inclines peut-être à croire que tu ne te remettras jamais d'un tel deuil. Certes, au cours de mon existence, j'ai perdu bien des choses et bien des êtres que j'aurais beaucoup donné pour conserver ; certes, j'ai parfois éprouvé du repentir, et le regret de mes actions, plus encore de ce que j'ai dû subir (même si c'était par ma faute). Mais j'ai appris ceci, écoute-moi bien : le mot « irrémédiable » est à bannir du vocabulaire des êtres vivants. Oublie-le une fois pour toutes, barre-le de ton vocabulaire, comme je l'ai fait il y a longtemps. S'adresser des reproches, tourner et retourner des regrets, c'est perdre son temps. Du moins interdis-toi épanchements et lamentations. Subis ton sort sans broncher ; moralement, serre les dents. Ce moment de ta vie est peut-être plus lourd de conséquences que tu ne le crois. Passée la violence du désespoir, un relâchement se produit toujours. Je suis à ta disposition pour t'écouter et te venir en aide au mieux de mes vieilles forces ; mais, même avec moi, je n'aimerais pas que tu te laisses trop aller. Si malgré l'amour et la tendresse avec lesquels je te parle, ma pauvre petite fille, tu trouves à ceci de la rudesse, peu d'esprit religieux et du prosaïsme, tu n'as pas entièrement tort. Personne n'est plus navré que moi, personne ne serait prêt à payer davantage pour faire revivre l'irrévocable. Laisse-moi pourtant le répéter qu'il existe une façon de perpétuer le passé enfui. Pour honorer la mémoire de Cheyne, il faut commencer par te maîtriser et te respecter. S'il te vient de vagues désirs d'expiation, c'est la bonne façon d'y remédier, mais étant donné la nature morbide de ce sentiment, cherche, s'il approche, à l'anéantir plutôt qu'à le stimuler.

J'éprouve une vraie consolation de savoir Reginald

avec toi. Ce garçon est aimant et d'un bon naturel. C'est un appui pour toi, je suis sûre qu'il t'est secourable et te fait du bien. Inutile en effet de chercher d'autre compagnie. Les louanges qui se sont élevées de tous côtés au sujet de sa conduite courageuse m'ont réchauffé le cœur. Ce qui vous unit est solide. Ce qu'on nomme les liens de la famille, s'ils reposent sur autre chose que la convention, sont durables et sans prix ; en temps d'affliction aucun de vous deux ne saurait avoir de meilleur soutien que l'autre. Quant aux attachements entre deux hommes, ou deux femmes (je parle d'amitiés d'une vraie profondeur) je n'y crois guère, et moins encore à leur utilité.

Je serai auprès de toi avant deux jours : me comprendras-tu si je te demande d'attendre ma venue ? Jusqu'à mon arrivée, ne prends aucune décision, aucun engagement avec quiconque. Au nom de ta mère et du mien — qui le méritons bien un peu. Je ne cite personne d'autre. Par la suite, tu recevras la récompense de ta présente réserve. J'imagine combien il est dur de se taire et de rester à l'écart lorsqu'on a tellement besoin d'appui, mais je ne voudrais pour rien au monde que tu t'abandonnes à une inclination regrettable. J'aurais souhaité t'envoyer une lettre plus tendre et plus réconfortante que celle-ci, s'il n'était justement essentiel de te mettre en garde : refuse à ton chagrin de t'égarer, ne fût-ce qu'une minute, sans prendre avis. Quant à te réconforter, ma très chère enfant, comment le pourrais-je ? J'ai toujours détesté les condoléances, malfaisantes en général, au mieux inutiles, ou dépourvues de sens commun. On ne saurait rien ajouter à l'évidence du terrible malheur qui est survenu. En ce qui nous concerne — je dis bien « nous », malgré l'insensibilité que tu me prêtes en ce moment — cette perte et ce malheur ne feront que croître. Ton lot est pire. Néanmoins, ce n'est pas la fin de tout. Le monde se passera de nous un jour, mais pas avant que nous ne lâchions prise ; ces choses faites pour durer après notre mort, inutile de les abandonner prématurément. Les reliefs du festin suffisent à nourrir nos regrets, qui eux, au moins, sont réels. On ne saurait en dire autant de certains régimes tiédasses, peu nourrissants, à base d'âme. Ce qu'on appelle les nourritures spirituelles. Si ces dernières passent à ta portée et si tu apprécies leur fumet, n'hésite pas à t'en servir, c'est du reste ce que l'on propose — qu'on impose même dans ton cas. Moi, je ne m'y suis jamais risquée. Ayant borné ma connaissance à la réflexion et aux sensations personnelles, je ne me flatte pas de posséder une potion miracle à portée de la main en cas de douleur morale. Les cieux savent ce que je donnerais, ferais, ou supporterais pour guérir ta peine. Néanmoins, lorsque, comme aujourd'hui, le temps vient de parler, je préfère la froideur de la rigueur à ce fade bouillon de sentiments réchauffés, offert à peu de frais et en abondance par les dévots ou les bavards. Si je te suis d'un piètre réconfort, c'est qu'à mon sens les condoléances, qu'elles soient pieuses ou émues, laissent un mauvais goût comme certaines médecines écœurantes, et insipides. Je ne cherche pas à te prêcher le paganisme, j'accepte dans la limite du raisonnable tous les secours et tous les appuis qui te seraient bienfaisants. Malheureusement, il m'est impossible d'écrire, comme de parler, d'espoir de réunion, de vie meilleure, de pénitence, de piété et tutti quanti. A mon avis, ceux qui se montrent incapables de marcher seuls ne peuvent être soutenus. Certains, qui affirment être portés par la foi, le sont par une énergie qui leur est propre, c'est manifeste, car les êtres démunis de force intérieure ne savent que s'écrouler. Impossible de leur porter secours : aide-toi, le ciel t'aidera. Et c'est pourquoi il faut te contenter de ce que j'ai de mieux à offrir en guise de consolation.

Ah, je devine à quel point cela te paraît dur et cynique. Mais ta détresse est de taille, et je la respecte trop pour en jouer. Si les choses n'étaient pas aussi graves, il me serait facile d'être conventionnelle. Le temps, le temps seul nous viendra en aide. Un jour, quand tu auras atteint l'âge où l'on repense aux malheurs passés, tu reconnaîtras la nuance de vérité qui colore mes minces consolations païennes. Le stoïcisme n'est pas une religion morte. Il est toujours là lorsque fait défaut ce que l'on entend maintenant par résignation. Résignons-nous certes, mais seulement à l'inévitable ; acceptons avec patience ce qui vient, refusons-nous à la douceur des plaintes. Tenons-nous, autant que faire se peut, à l'écart des terreurs, du repentir, des regrets. La peur n'apporte rien, et regarder en arrière donne le vertige. Quant au repentir, il n'a jamais apporté de bienfaits, ni même défait le mal. Ne va pas davantage te persuader qu'en endurant avec une résignation chrétienne ce que tu as à supporter, tu accomplis un sacrifice agréable aux pouvoirs suprêmes. C'est le côté pitoyable de la résignation, ce courage des faibles ! Contente-toi de souffrir, sans te leurrer avec des idées de soumission. Crois-moi, une soumission obtenue sans contrainte n'est rien de plus que la pâle vertu des mollassons. On se soumet parce qu'il n'y a rien d'autre à faire, la sainte résignation n'est qu'un mensonge flatteur. Si le sort pouvait être vaincu, nous combattrions tous. Ce n'est pas l'envie de résister qui nous fait défaut, mais le moyen, l'absence des armes nécessaires. De même qu'il faudrait être idiot ou dément, tenant compte de l'inutilité de la révolte, pour hurler de rage et regimber contre l'aiguillon, il n'existe aucune raison de se couvrir la tête de cendres en pleurnichant bassement. Faire de la nécessité une vertu est puéril. J'affirme que, s'il était possible de se révolter contre le destin, nous nous révolterions : chrétien ou turc, aucun homme n'accepterait la souffrance s'il pouvait l'éviter ; toi et moi pas davantage. Par conséquent, ne te fais pas accroire que, selon l'expression consacrée, tu te résignes pieusement à la volonté divine. Si la résignation a été inconnue des stoïques, c'est que l'homme en est dépourvu, ou devrait l'être. Le courage (prends le mot dans le sens qui te plaît) a toujours représenté pour moi la première des vertus. Si ce qu'on appelle foi ou humilité tend à le troubler, à l'affaiblir, je me refuse de croire à la foi comme à l'humilité.

Mais avant tout je voudrais que tu sois libre, autant que faire se peut. La liberté prime tout, ne la sacrifie à rien, à aucune théorie religieuse, à aucun précepte moral. L'obéissance, du corps aussi bien que de l'âme, est servile et laisse des traces suspectes. L'abaissement devant Dieu ne vaut pas mieux que l'abaissement devant les hommes. Accepte la nécessité : se plier aux lois, oui, prétendre faire choix de « l'esprit de sacrifice », non. Je hais ce genre d'expression comme ce genre de sentiment. Les faibles, les poltrons s'en contentent, comme les enfants qui se battent avec des épées de bois. C'est leur façon de contrefaire la bataille qu'ils ne peuvent livrer, en clamant et en croyant qu'ils la refusent par mérite, les menteurs. Ne va pas donner dans ces balivernes, refuse-toi à ces complaisances. Liberté d'esprit et courage moral valent mieux à eux seuls que toutes ces molles pénitences et espoirs de vie future. Il est possible que ce discours paraisse peu chrétien ; du moins est-il honnête. Notre marge de liberté possible, Dieu sait, est assez bornée, assez étroite comme cela : inutile de s'appliquer à la réduire encore ! Chaque journée nous assène ses contraintes, impossible d'échapper aux circonstances, de donner notre vraie mesure : est-ce une raison pour essayer de s'amoindrir ? Sous prétexte de vue basse, faut-il s'arracher les yeux et se laisser mener par le bout du nez ? Si ces besicles, qui permettent à d'autres d'y voir clair, me brouillent la vue, je me trouve bien avancée ! Non, non, supporte, endure jusqu'à la limite de tes forces sans t'abandonner à l'espérance. C'est la seule recette du vrai courage. Au nom du ciel, essaie de te libérer des faux espoirs et des craintives faiblesses. Fais face à la réalité ; et, lorsqu'il est question de la vie et de la mort, de la joie et de la peine, du juste et de l'injuste, sois ton seul conseil. Ces choses sont obscures par nature, ce n'est pas une flamme de bougie juste bonne à éblouir qui saurait les éclairer. Quoi qu'il nous reste en fait de liberté de pensée et d'action, n'allons pas le laisser échapper, et prenons le parti de nous passer de l'inaccessible.

Me voici en train de te faire une étrange oraison funèbre au-dessus de cette tombe si soudainement ouverte... L'occasion de parler franc se présente rarement au cours d'une vie, une ou deux fois au plus si l'on sait voir, et voilà des sujets auxquels je pense rarement, dont je ne parle jamais, désirant conserver la tête lucide, la vue intacte ; mais cette fois j'étais décidée, si je t'écrivais, à ne rien taire de ce que je ressens, à ne rien simuler de ce que je n'éprouve pas. Tu mérites de recevoir tout l'enseignement que je suis en mesure de donner, et les circonstances exigent une totale franchise. Je ne prie pas pour que la force te vienne du ciel : à toi d'œuvrer, et de subir, de trouver le courage nécessaire. Le temps, je le répète, te viendra en aide, et nous surmonterons ce malheur comme les autres. Quant à moi, après avoir dit tout ceci et fait mon oraison au défunt, je renonce aux professions de foi. J'ai essayé, à l'aide de mon affection et de quelques raisonnements, de t'apporter toute l'aide dont je suis capable. S'il t'en faut plus dans ton malheur et ta douleur, ne t'adresse pas à moi. A l'article de la mort, je ne saurais ajouter un seul mot pour te consoler. Une fois pour toutes j'ai parlé à cœur ouvert, dit ce que je croyais et espérais, et ne m'en ouvrirai plus de mon vivant. Je t'ai montré le fond de mon sac, le temps est venu de le refermer. Lorsque nous nous retrouverons, et pendant le temps que nous vivrons ensemble, entraidons-nous de notre mieux, mais en silence.

Je ne terminerai pas sur une envolée, nous en savons trop toutes deux. Les mots de consolation et les belles phrases creuses ne pourraient que t'affaiblir et aviver ta peine. J'ai déconseillé à ta mère de t'écrire — pardonne-moi si tu en éprouves du regret ; elle ne me paraissait même pas en état d'essayer. Dès ton retour, il faudra nous engager tous dans la voie de l'énergie et du bon sens. Si cette lettre blesse tes sentiments, je me bornerai à espérer qu'un jour, le moment venu, tu découvriras la chose ou l'être capable de t'aider à vivre mieux que je ne le peux. En attendant, peut-être réussiras-tu à trouver le calme en me relisant et à t'épargner ainsi bien des confusions, l'inutilité des tortures de conscience, et les misères de la délectation morose. J'espère soulager ta tête du poids des soucis — si je suis incapable de toucher ton cœur — comme d'autres consolateurs pourraient prétendre à le faire. C'est cette « consolation du cœur » dont parle la sagesse d'un poète (plus poète et plus sage que ton frère ne le sera jamais).

Enfin, voilà : en ce moment tu ne peux que souffrir. Notre avenir à tous et à chacun, je ne l'entrevois même pas. Mais tant que tu vis, et quoi que tu fasses, sois persuadée du moins de l'amour que je te porte.

HELENA MIDHURST

Ashton Hildred, 28 juillet

Mon cher Frank,

Je préférerais que vous n'écriviez pas à Amicia pour régler les petits détails matériels dont vous me parlez. Arrangez cela avec moi ou avec votre sœur, cela vaut mieux, nous savons que vous agirez toujours de façon parfaite, et la pauvre petite n'est pas en état d'être dérangée. Je commence à craindre que l'épreuve physique ne dépasse nos prévisions. Chaque jour qui passe la rend plus abattue, plus cireuse, et nous ne savons à quel saint nous vouer. A son arrivée, soutenue par une espèce de force nerveuse qui est en train de l'abandonner complètement, elle parlait à peine (sauf avec moi), mais se nourrissait et dormait à peu près normalement, compte tenu des circonstances. Maintenant je remarque les cernes mauves de ses yeux pendant que son visage s'amenuise de jour en jour. Si cela continue, il va falloir des années pour la tirer de là. Elle est au-delà de toutes mes recettes. Je crains qu'elle ne s'abandonne à des tendances malsaines tant elle lit de livres de piété. Évidemment, elle est bien trop jeune pour faire une veuve. Le

115

demi-deuil et le scepticisme d'une telle situation sont seyants aux épaules de trente, ou de quarante. Entre l'ombre et la lumière, Amicia se trouve dans le plus affreux marécage. Des brumes, des rosées troublent ses sens : elle court en ce moment le danger d'une conversion religieuse ! Je vous confie ceci, parce que vous l'aimez beaucoup et la connaissez assez pour saisir ma pensée. Je sais que votre seul désir est d'apprendre son rétablissement total. Cela viendra à la longue. Pour l'instant, il faut prendre les choses comme elles sont. Elle est pitoyable à voir ; assise des heures auprès de moi chaque jour, elle me serre le cœur rien que par ses soupirs et sa façon de regarder dans le vague. On dirait parfois qu'un aveu ou un appel s'efforce de passer ses lèvres, sans y parvenir. Sa voix, même lorsqu'elle parle tranquillement, est brisée de larmes. Je n'aurais jamais imaginé un attachement aussi profond ni un deuil aussi cruel. Notre pauvre Edmund ne semblait pas homme à lui avoir donné tant de regrets... mais qui connaît le secret des êtres ? Avec sa courtoisie parfaite et glacée, il paraissait toujours un peu lointain, malgré ses qualités rares. « Oh ! comme on oublie... », m'a-t-elle dit l'autre jour de but en blanc (je ne sais jamais ce qui agite ses pensées). Et une autre fois : « Je voudrais tant pouvoir regarder en arrière ».

J'ai été heureuse d'apprendre votre installation à Lidcombe, qui trouvera en vous un excellent maître. Edmund s'y montrait toujours un peu perdu. C'est là que vous fonderez sans doute un jour votre foyer, passée l'extrême jeunesse. J'aimerais bien, sans trop l'espérer pourtant, être encore là dans dix ans pour voir ce que notre vieille maison contiendra. Les disparitions prématurées vieillissent ceux qui restent.

Il me semble avoir pris plusieurs années en un mois. On me dit que le capitaine Harewood est venu vous aider à prendre les choses en main et à prendre un bon départ. Puisqu'il a déjà tenu auprès de vous, après la mort de votre père, le rôle de tuteur, c'est qu'il en est capable. Je lui crois une sorte de sens pratique, des facultés d'ordre dont, par ma faute, son malheureux fils n'a pas hérité. L'immixtion de notre sang s'est révélée désastreuse ! J'aime à penser que vous possédez également ses excellentes vertus. S'il en est une que j'ai toujours convoitée et dont j'ai toujours manqué, c'est la capacité de mener un travail à son terme. La venue de votre mère a été un bienfait, aucun de nous n'ayant jamais possédé la moindre efficacité. L'activité de mon frère par exemple, dès qu'il s'agissait de s'appliquer à un travail, avait pour résultat d'embrouiller les choses les plus claires. Son plus grand défaut consistait à parler pour ne rien dire : il était presque aussi terrible que moi, aussi verbeux et imprécis. Côté correspondance toutefois, je crois que je le surclasse, impitoyablement. Il paraît que Reginald se trouve chez son père à Plessey. L'été est le seul moment où cette propriété soit à peu près supportable, elle me fait toujours penser à quelque contrée arctique et à des palmipèdes ! J'enrage de ne pouvoir inviter ce garçon quand je veux ; sa présence ferait tant de bien à Amy. Hélas ! il n'y a rien à espérer de ce côté-là. Elle parle souvent de lui, avec tendresse et reconnaissance. « Redgie a été tellement bon. Je me demande comment sera sa femme ? » a-t-elle dit une fois. Comme je lui faisais remarquer que nous étions loin d'une telle éventualité, elle répondit, en me regardant d'une façon singulière : « Je serais prête à l'aimer ». Elle possède un petit portrait de lui dont elle fait grand cas. Son mari n'avait jamais consenti à poser, si ma mémoire est bonne. Il semble que Redgie a su s'y prendre avec elle à un moment où personne d'autre ne pouvait plus rien. Quelles journées effroyables... Je n'oublierai jamais son petit visage sec et blafard, ni la façon dont elle se traînait. J'ai dû la contraindre aux larmes, la pauvre enfant. Ensuite on aurait dit une vieille femme. Maintenant encore ce n'est pas brillant. Vous montrez la délicatesse de vos sentiments, quand vous exprimez le regret de l'avoir en quelque sorte évincée de chez elle. Mais il faut s'incliner devant l'inévitable. Se retrouver à Lidcombe eût été plus pénible encore pour elle. Vous saurez vite vous adapter à la chère vieille demeure à laquelle, c'est vrai, elle était fort attachée. Un jour peut-être, j'irai vous y voir avec elle. Dans des années. Votre femme, j'en suis sûre, se montrera douce envers celles qui l'auront précédée. Comme ce sera étrange de se retrouver là ! Le navrant est qu'Amicia ne puisse plus espérer d'enfant pour l'aider à vivre, car je ne vois pas comment elle pourrait se remarier malgré sa grande jeunesse. Une fille n'aurait rien changé à votre succession, tout en lui donnant à elle une raison d'être — elle aurait fait une mère exquise. J'ai toujours trouvé qu'elle était le type presque parfait de la grande dame anglaise. Quel avenir brisé, semble-t-il. Et penser à tant de dons sans emploi, la tendresse et l'ardeur délicieuse, le pur bonheur d'être et d'agir... C'est la nature la plus exquise que je connaisse. Mais vous savez tout cela. Transmettez à votre sœur, si elle est encore auprès de vous, notre affection à toutes deux. A moins que son mari et elle ne soient partis à l'arrivée de ceux de Plessey ?

HELENA MIDHURST

118

Lidcombe, 16 août

Impossible de continuer à vivre ici plus longtemps. Si encore vous n'étiez pas repartis si vite... maintenant c'est intolérable. La ronde des hommes de loi et des curieux continue, pendant que j'erre comme un voleur sur des terres où l'on m'envoie à chaque instant à la tête ce titre détesté. Moi, je ne cesse de penser à Amicia, dont les appartements conservent l'écho. Je suis descendu seul jusqu'au lac au coucher du soleil. J'ai pris une barque. L'eau froissée que repoussent les avirons avait des bruits de sanglot, on aurait dit des plaintes. Je suis rentré au château hors de moi. Et là m'attendait une lettre de la tante Midhurst, lettre propre, en temps normal, à rendre quelqu'un à demi fou. Personne ne peut l'empêcher d'envoyer ses traits, mais, Dieu, comme elle blesse ! Je me sentais poissé de fièvre et de honte en lisant ces bassesses. Voilà les choses les plus terribles à supporter. Elle dicte ma conduite, donne d'Amicia des nouvelles qui tueraient quelqu'un si la pensée pouvait tuer, le tout entremêlé d'insinuations comme elle peut seule avoir le cœur d'en faire. Par principe, elle est persuadée du pire, elle a toujours été ainsi. Impossible de rétorquer.

119

C'est affreux de nous trouver tous réduits à sa merci. A Ashton Hildred la vie doit être insupportable. J'imagine Amy figée et muette, soumise à la surveillance et aux discours de sa grand-mère ; je la vois conservant un silence désespéré, l'œil sec, comme une femme qu'on aurait ligotée pour l'obliger à assister à la torture d'une autre. Je sais par expérience qu'il lui faut supporter cette douleur avec une âme blessée, obscurcie, pitoyable, en proie à un étonnement douloureux ; je sens son être déchiré ; je la vois brisée, anéantie, rendue. Si elle devient folle, je saurai qui accuser. Et ne pouvoir l'approcher ! Tu sais combien je l'aime. Moi qui donnerais ma vie pour lui épargner une peine, qui sais ce qu'elle souffre à chaque heure qui passe, je me trouve cloué à l'endroit où je l'ai vue vivre. Elle qui aurait pu connaître un relatif bonheur avec son mari, si je n'étais pas venu à naître ! Je peux te le dire, elle a été un ange avec lui. Quel soulagement si leurs gens se mettaient à m'insulter ! Mais on dirait que tout conspire à recevoir le nouveau venu avec bienveillance. J'avais espéré rencontrer le ressentiment, ou des manifestations de regret, entendre quelque allusion au passé... personne ne semble se souvenir. Oui, j'étais bien naïf, aucune des choses anciennes ne s'est opposée à ma venue, sauf ce jour où Redgie Harewood, qui accompagnait son père, m'a fait comprendre (et je ne l'ai jamais autant aimé qu'alors) que je ne me trouvais pas à ma place. Rappelle-toi ta colère. Les gens devraient mieux se souvenir. J'étais heureux qu'il refuse de rester ici. C'est la seule fois où j'ai été traité comme je veux l'être. J'irai habiter chez toi si vous le voulez bien. Pas tout de suite, malheureusement. Ah ! cette maison, elle me devient à chaque instant plus haïssable. Très

120

souvent, à cheval, j'éprouve la tentation de me faire jeter à terre pour en finir. Cet hiver nous étions encore réunis, et à cette heure de la soirée il lui arrivait de faire de la musique dans ce salon. J'entends sa voix et les froissements de sa robe, je distingue son visage et sa chevelure ondoyante qui brille sous la lampe pendant qu'elle chante. Je vois ses mains sur le clavier, sa gorge qui se soulève, la lumière de ses yeux expressifs. Puis elle se lève et vient vers moi, mais ma vue se trouble, je sens sa main sur la mienne, j'entends pleurer cette femme. Je ne vis plus que dans ces rêves. Il faut que je retrouve la vie et mon amour. J'ai été assez malheureux comme cela et elle, dont le cœur est tellement meilleur, a souffert davantage encore. Sa belle et tendre nature doit lui causer des tourments sans fin. Peut-être me plaint-elle. J'accepterais de mourir aujourd'hui, si cela pouvait lui apporter l'oubli. Chère sœur, pardonne-moi cette façon d'é-crire, ne te soucie pas de ce que je dis. Tu es femme, et la seule personne à laquelle je puisse me confier, n'ayant jamais eu de véritable ami. Il va falloir que je trouve rapidement la force et l'équilibre ; sinon, il me faudra en finir d'une façon ou d'une autre. Dieu m'est témoin : je ne souhaite qu'éloigner de moi ces biens écrasants, et être débarrassé de tout.

FRANCIS

Plessey, 24 août

Je suis retourné à Lidcombe la semaine dernière. Frank se préparait à partir aujourd'hui chez sa sœur, les Radworth lui ayant proposé de l'héberger quelque temps. On a insisté pour que je vienne aussi, mais je ne tiens pas spécialement à me trouver avec lui. Injuste peut-être, mais pas tellement déraisonnable si l'on y pense. Je l'ai trouvé très abattu, faisant peu de cas de ce dont il hérite : tout ce qui l'intéresse c'est d'avoir de tes nouvelles. La paperasserie légale se trouvant terminée, j'espère que tu ne seras plus dérangée par les lettres d'affaires. Quant à moi, si cela peut t'intéresser, on songe à me caser ! On me diplomatiserait : un poste de secrétaire ou autre chose du même acabit chez lord Fotherington. Si cela se matérialise, je quitterai l'Angleterre le mois prochain. Arthur Lunsford deviendrait ainsi un de mes collègues, avec deux ou trois autres figures de connaissance. Au collège, pour nous les petits, A. L. était un as, et nous menait à la cravache. Je me demande si Frank a conservé le souvenir de la raclée qu'il a reçue pour lui avoir fait son devoir de versification latine *sans* erreur prosodique, si bien que des événements funestes s'ensuivirent ! Je ne sais pas si j'ai jamais cru depuis, comme j'ai cru alors, à l'infaillibilité d'un être. Se trouver sous ses ordres de nouveau sera vraiment comique, il ne savait jamais se passer d'esclaves. Crois-tu que les règles du service diplomatique autorisent les raclées ? Rien ne pourrait l'empêcher de m'en infliger si l'envie l'en prenait, tu saïs quel magnifique athlète il est devenu. Audley prétend qu'il est l'attaché de lady F. et non celui de l'ambassade, qu'il fait son chemin grâce à ses épaules impression-nantes et à sa voix de ténor. Les gens raffolent des grandes brutes capables de filer les romances. La combinaison de la force physique et du talent musical doit mener loin son homme dans l'échelle sociale. Si l'on pouvait se procurer l'un ou l'autre à peu de frais...

Te souviendrais-tu d'une certaine cousine de Rochelaurier, vieille dame se réclamant d'une loin-taine alliance Cheyne, et grande raconteuse ? Tu sais bien, ce vieux squelette avec menton à demi rasé, et ce que notre grand-mère appelle des yeux de rapace, ces yeux impitoyables comme montés sur des ressorts, voyant tout sans jamais regarder ? Elle vient de faire sa réapparition en Angleterre dans l'intention — m'ont dit les Radworth — de marier Frank à sa fille. J'ai vu cette dernière, absolument exquise, un corps fait au tour, des cheveux d'un brun profond et un petit minois de chatte (trop d'ailleurs pour mon goût). Sa blancheur, sa grâce et sa douceur félines me donnent même l'impression que, si on la caressait un jour d'orage, elle produirait des étincelles et se mettrait à griffer. Clara estime que ce genre de beauté lui vient de son ascendance britannique. Elle a à peine dix-sept ans. Bien que C. soit prête à faire son possible dans l'intérêt de son frère, elle et son mari ne pensent pas que Frank approuvera. D'ailleurs, tu aurais appris tout cela par elle sous peu. Madame de Rochelaurier, qui possède un tiers de sang anglais, ne fait pas de mystère de ses intentions. Elle m'a raconté, concernant un de nos ancêtres, toute une histoire qu'il faut que tu connaisses. Elle la tiendrait d'un grand-oncle, *« homme impayable et dont mon cœur porte toujours le deuil... rapiécé »*. (On ne lui demandait rien, remarque. D'après elle, Frank n'est que la réplique affadie de son père, *« mais Claire c'est son portrait vivant, peint par Courbet »*. Pourquoi Courbet, je ne suis pas parvenu à le lui tirer). Mais voici l'histoire :

La lady Cheyne du temps de Jacques Ier était une beauté, comme nous le savons par son portrait, celui de la dame aux fantastiques bouffants couleur de blé, avec des opales au décolleté. Elle possédait également une réputation, celle d'être un parangon de vertu en dépit de son affreux mari, William, dixième baron, dont le visage décharné, entouré d'un collier de barbe hérissée et grisonnante, nous le faisait considérer comme l'ancêtre le plus affreux. Le cadre de son portrait à elle s'honore de la devise *« sans reproche »*. On lui connaissait deux admirateurs fanatiques : Sir Edmund Brackley et, j'ai le regret de te l'apprendre, ce Reginald Harewood dont je fais revivre le nom, auteur de poèmes que mon père conserve sous clef sans vouloir même que la *Herbert Society* les publie. Je me doutais bien qu'il avait fait parler de lui, mon grand-père ayant fait effacer l'inscription qui entourait une miniature du personnage et de ses grandes boucles. Ce devait être un brillant cavalier et un type plaisant. A dix-neuf ans, au cours d'un fantastique duel avec un Écossais de la maison du Roi, il transperce son homme, ce qui l'écarte à jamais de la cour. La légende raconte, qu'après avoir poursuivi la belle de ses ardeurs pendant six mois, de désespoir il mit fin à ses jours. Mais la véritable histoire serait bien différente. La prude lady Margaret aurait perdu la tête et serait tombée follement amoureuse de ses poèmes comme de son adresse à l'épée, au point (enfin c'est la version Rochelaurier) de lui ouvrir sa porte un soir. Plus tard dans la nuit, elle accourut chez lord Cheyne, le réveilla, et l'engagea vivement à l'accompagner pour devenir l'arbitre de son innocence et de sa réputation. Il se leva donc et la suivit (plutôt ahuri à mon avis) jusqu'à la chambre où dormait l'amant désarmé. Alors elle lui intima d'agir à sa place et, s'il la croyait honnête et vertueuse, de frapper cet homme au cœur. L'époux dans sa surprise fit un pas en arrière (il aurait fallu entendre notre oncle, dit Madame de Rochelaurier, avec des lueurs dans son vieil œil) et, saisi de pitié à la vue de son rival endormi et de son visage d'enfant, hésita. C'est elle qui insista pour que justice lui soit rendue, et il finit par obéir en pleurant, quand elle lui eut raconté que l'amoureux avait acheté une de ses femmes pour le faire entrer nuitamment, peu avant le jour, et qu'elle venait juste de découvrir la chose. (Au vrai c'était elle qui l'avait introduit dans l'appartement de la chambrière où elle avait passé la nuit, « *quelle tête !* » remarqua Mme de Rochelaurier). Alors l'époux éveilla le dormeur, lui enjoignit de se lever pour se battre, et avant que le pauvre garçon ait vraiment pu se mettre en garde, lui transperça le cœur de son épée. Saisissant la main de sa femme, il la trempa alors dans le sang qui sortait de la blessure et l'obligea à en asperger le visage du blessé. Tressaillant de douleur, l'amant ouvrit les yeux et murmura : « Adieu à la plus douce et la plus amère », puis il mourut. Ensuite, la réputation de la dame ne fit que s'accroître ; son autre admirateur, sir Edmund, l'honorant plus que jamais, devint l'ami du mari. Il fallut la guerre civile, où tous deux rejoignirent des factions opposées, pour les séparer, puisqu'on dit que lord Cheyne, à Naseby, fut tué de la main de Brackley qui appartenait au parti parlementaire — de sa main ou de celle d'un de ses soudards. On raconte aussi que Cheyne apprit un jour la vérité au sujet de sa femme de la bouche de la chambrière et « ne montra oncques de joie du temps de sa vie ». Mme de Rochelaurier m'a recopié un poème de mon homonyme dédié « A la plus parfaite et à la plus sage des dames, lady Margaret Cheyne », poème que notre oncle lui aurait fait connaître, l'ayant lui-même déniché dans de vieux grimoires un jour de pluie à Lidcombe. Je te l'envoie en espérant qu'il te distraira un instant si tu as le temps de le lire.

Beauté au clair visage, au doux front plein de grâce
Plus douce que la voix, plus cruelle que tout,
Faite pour ennoblir les choses les plus viles,
Pour armer la peur et de la douleur tirer du plaisir,
Dans ton amour mon amour prend son vol,
Palpite entre tes lèvres ou périt d'un soupir.

Quand tu respires, mon âme déploie ses ailes ;
Si tu expires, avec ton souffle je meurs ;
Car la vie est la vie, et la mort est la mort,
Selon que tu choisis de punir ou chérir
A ta guise ; et que peuvent la vie et la mort
Sinon fleurir ou périr à ton gré ?

Œil du jour, printemps du visage, perle précieuse entre toutes,
Cache-moi où se cachent les plus doux trésors,
Entre les racines des roses et celles des aromates,
Là où nul ne s'avance, où nul n'a droit d'aller,
Où la neige d'été, en août, dans les vergers,
Ne flétrit pas les fruits, ne détruit pas les roses.

Oui, la vie est la vie, car tu accueilles la vie,
Et la mort est la mort, puisque tu t'en détournes.
Je ne t'aime point pour combler mes vœux,
Mais pour te louer, pour te rendre sainte ;
La louange est la robe de l'amour, qui est le corps de la louange,
La plus haute ramure, la couronne des jours.

Ce n'est point par amour de l'amour, ni de moi,
Ni de ton âme, ni même de ta beauté,
Mais pour cet honneur en moi qui est tien
Que je t'aime, et afin que chacun loue ma flamme ;
Car la mort, la terre ni le temps ne vaincront
L'âme qui a connu l'amour d'un tel amant.

Et que ce chant s'élève plus haut que toutes choses,
Ainsi que ta tendresse et ta compassion.
De toi je n'attends pas que ta bouche vermeille
Se penche sur le fruit trop pâle d'un baiser.
Mais avant que l'amour ait empourpré mon âme,
Ne l'abandonne pas à la cendre des morts.

R. H.

C'est daté de 1625. Quand il fut tué l'année suivante, il avait exactement mon âge. Moi je trouve que c'est dommage, mais Mme de Rochelaurier s'en montre satisfaite, disant que c'est un beau conte qui pourrait s'intituler « Le Prix d'une Réputation ». « *C'était décidément une femme forte* », ajouta-t-elle avec placidité. D'accord, mais un tel sang-froid me paraît aussi horrible qu'admirable — et cette audace d'aller chercher son mari et de le persuader ainsi... Rien d'étonnant à ce qu'on l'ait dite « sans reproche », mais j'inscrirais plutôt « sans merci » si le portrait m'appartenait. Ces vers rendent une musique étrange lorsqu'on sait ce qui arriva ensuite. J'avoue mon faible pour ce genre de poésie en teintes pastel, évocatrice d'anciens muscs et de fleurs séchées comme des coffrets de senteur d'autrefois. J'aime la raideur odorante de ses vieux tours de phrase et l'or des

127

entrelacs brunis par l'âge et la poussière du temps. En dépit, d'ailleurs, de ses grâces cérémonieuses, de ces histoires de roses, de vergers et de printemps, on entend résonner çà et là une vibration plus profonde, comme si l'auteur avait voulu exprimer quelque chose de vrai. S'il avait connu son sort, trouvant sa vie enrichie grâce à elle, il aurait peut-être agi de même. Il arrive qu'on soit fou de la sorte. Je ne crois pas que cela m'aurait retenu non plus. Imagine qu'Ernest voulait empêcher sa femme de mentionner cette histoire ! Ayant découvert ces strophes dans un de ses albums, il a voulu les détruire, puis s'est aussitôt plongé dans la lecture de l'ouvrage de Prodgers sur la Pantologie, ou quelque chose de ce genre, pendant plus de deux heures. Il a fallu l'arrivée de Mme de Rochelaurier, m'a raconté Clara le même soir, pour qu'il émerge d'une longue histoire d'utilisation d'arêtes de poissons dans la fabrication des engrais...

Elle, loin de partager l'avis de la Rochelaurier, déclare qu'on aurait dû pendre lady Margaret, ou la brûler. Quant à mon ancêtre (qu'elle nomme « le champion des chevaliers sans peur et sans cervelle »), elle avoue qu'on courrait volontiers le risque de finir sur le bûcher pour cette sorte d'homme. Quelle noble châtelaine elle aurait fait du haut de son donjon ! C'est pour elle, plutôt, qu'on braverait tous les périls. Et si tu entends dire quoi que ce soit sur son compte — ce genre de nature éveille la méchanceté des gens —, je suis sûr que tu te lèveras pour la défendre. Elle est trop droite pour savoir mettre le monde de son côté. Les larmes et les éclairs se mêlent dans ses yeux lorsqu'elle fait allusion à cette partie de l'histoire, en proie à une merveilleuse passion de pitié et de colère. Elle aurait peut-être gravé « sans reproche » sur son

128

armure, mais elle, elle n'aurait jamais inscrit « sans merci » dans son cœur. Je la crois capable de grandeur. Son rêve était d'être à Naples l'an dernier, où elle aurait pu dépasser Mme Mario dans sa noble tâche. Elle déclara qu'elle aurait voulu porter un deuil plus noir encore en l'honneur de Cavour. Je lui fis remarquer qu'elle n'en avait pas le droit, n'étant pas Italienne ; mais, certes, si elle l'avait été, elle se serait battue avec autant d'allégresse que les plus braves. Ce voyage à Venise, l'an dernier, a laissé sa marque. Je ne l'ai jamais vue aussi près de laisser couler ses larmes qu'en relisant « le délabrement pitoyable de la beauté jadis éparse sur la face vermeille de cette cité lors du combat de l'amour et de la mort, cité où succomba l'amour mais où il reviendra éternellement contempler la merveilleuse morte restée à la dérive entre la mer et le soleil couchant ». Ernest la tue, c'est visible, chaque journée de misère l'épuise un peu plus, les nerfs et la tête finiront par céder si cela continue. Si elle était homme, les hommes lui feraient confiance et ne mettraient pas son honneur en doute : pourquoi n'en est-il pas de même avec les femmes ? Quoi qu'il advienne, il faut qu'elle le sache, nous ne lui faillirons jamais, ni toi, ni moi.

REDGIE

Ashton Hildred, 10 septembre

J'aimerais pouvoir donner de meilleures nouvelles en réponse à votre charmante et bonne lettre. Malheureusement, Amicia n'est pas bien du tout. C'est du moins ma conviction. Voilà des semaines qu'elle n'a pas relevé la tête, et il me semble que son visage est en train de se faner, de passer selon l'absurde expression d'un poète de votre génération en mal de rime, « de l'état de fleur à l'état de tige ». Une lettre de Reginald nous a valu un instant d'animation il y a quelques jours, mais cela n'a pas duré, la pâleur ensuite semblait accentuée. Le lendemain, elle fit dire qu'elle ne descendrait pas. Avec une brusquerie feinte, je me suis rendue dans sa chambre où elle gisait endormie, le visage enfoui dans un oreiller portant trace de pleurs, les pommettes humides et fiévreuses, les yeux marqués des cernes profonds de l'insomnie et des larmes. J'ai beau lui affirmer que le devoir d'une veuve, ainsi que la façon de montrer un peu de maturité, ne commandent nullement de mourir de chagrin, elle continue à se miner et à s'amenuiser. A ce train, ses paupières vont s'amollir, ses cils tomberont ; sa voix même s'étrangle et rend une note déchirante. Bien peu de sujets parviennent à l'intéresser plus d'une seconde, elle ne lit presque plus, reste assise tête basse, les yeux à demi fermés, comme un enfant malade qui voudrait dormir. Je ne serais pas autrement étonnée de voir tomber ses cheveux, ses traits déjà deviennent anguleux ; si cela continue six mois, on ne verra plus que son front et son menton. Même cette rumeur (arrivée par ricochet d'ailleurs) de la résurrection des Rochelaurier n'est pas arrivée à l'éveiller ou la faire sourire. Si les commérages renferment quelque vérité, il faut se féliciter de l'amélioration survenue dans la race à la seconde génération, car il eût été impensable d'envisager un mariage pour Frank (et que vous l'approuviez) avec un nouvel exemplaire de sa mère, Armande de Castigny. Fabien de Rochelaurier a été l'époux le plus bafoué, le plus malheureux qu'on ait jamais connu : un Prudhomme Coquardeau de la bonne société, si vous saisissez (et tolérez) cette allusion à Gavarni. Personne ne peut imaginer ce qu'elle lui a fait subir, espérons pieusement que la plus grande partie de ses exploits est demeurée dans l'ombre, certains n'étant pas mentionnables. Vous êtes certainement au courant de ce qu'on dit de ce jeune Saverny qui est toujours fourré avec eux, vous savez bien : cet ancien favori à vous d'il y a deux ans ? On ne connaissait pas même son existence du temps de Mme de Saverny, lorsque, quelques mois après la mort de cette pauvre malheureuse, le veuf a commencé de se montrer en compagnie d'un fils âgé de quatre ans, et de le présenter partout comme l'orphelin — aux Rochelaurier notamment qui en firent aussitôt un cas extraordinaire. Au point qu'élevé quasiment avec la fille de la maison, ayant partagé ses chastes jeux et chassé les papillons en sa compagnie, il envisagea de l'épouser : Paul et Virginie, pas moins. Il y a une année de cela, juste après son retour en France et comme elle sortait à peine du couvent. Voulez-vous savoir pourquoi, et comment, ce projet n'eut pas de suite ? Amusez-vous au jeu des affinités.

Si la mignonne est bien, tant mieux d'ailleurs. Il n'appartient pas à la fille de ma charmante mère de s'élever contre l'idée d'une lady Cheyne française. Une Rochelaurier néanmoins (si toutefois Rochelaurier est responsable), avouez qu'il y a de quoi sursauter. Certes, Saverny, le père, est défunt, c'est déjà cela et il faut en remercier le ciel. Il était épouvantable : Valfons, Lauzun et Richelieu en un seul, à peine moins compromettant. Et puis il faut compter avec l'apport maternel. C'est regrettable, évidemment. Enfin, prenant toutes choses en considération, disons que Philomène *(ce nom tramontain et dévot m'a toujours crispé les nerfs)* peut s'en tirer. Si elle plaît à Frank ma foi, tant mieux. On n'est pas fatalement héritier de ses précurseurs. Votre ami par exemple, le délicieux Octave de Saverny, ressemble peu à son infâme et adorable père. Prenons seulement le temps de réfléchir et d'observer. Une fois encore vous êtes la seule en état d'aider efficacement votre frère. Je n'aurais jamais pensé que Frank puisse se trouver attiré par une jeune fille du genre de Philomène de R. — jolie, sans aucun doute. J'ai toujours détesté Octave et son teint de papier roussi, il me fait penser à une lettre tombée au feu par erreur, et brûlée sur les bords. *Et puis ces yeux de lapin. Et cette voix de serin.* Fin de race, manifestement : M. de Saverny père possédait une certaine envergure, lui ; on disait l'an dernier que le comte Sindrakoff avait réussi à évincer son fantôme *auprès de la Rochelaurier*. Elle doit avoir à peu près mon âge. Le Russe, il est vrai, a dû être jeune sous l'Empire, ou le Directoire. Je sens que je deviens une véritable langue de vipère, mais Armande a toujours excédé les limites de ma petite indulgence. Elle croit être une héroïne balzacienne, et veut faire naître les passions à sa volonté. De plus, n'ayant pas la moindre cervelle, elle manque totalement d'adresse, ce qui ne l'empêche pas de s'attaquer à des cibles beaucoup trop mouvantes. Il y a quelques années, sous le titre de « La Femme de cinquante ans », j'ai composé d'elle un portrait que Jules de Versac a fait paraître dans *le Timon* avec quelques retouches. Le meilleur portrait que j'aie jamais écrit. Je suis sûre qu'elle en a deviné l'auteur. J'éprouve une joie ineffable à la voir se mettre en frais pour Redgie Harewood — façon indirecte sans doute de nous faire la cour. Bien que mon petit-fils incline vers les femmes ayant le double de son âge, je ne pense pas qu'en l'occurrence... ? Non. D'après son récit innocent, ils s'en tiendraient aux confidences délicieuses. Elle a toujours adoré les tendrons, et de son côté Redgie ne pourrait s'intéresser à une fille aussi jeune que si cela présentait une possibilité scabreuse et du danger. Une femme sans rouge et dont la chevelure n'argente pas lui semble sans doute indigne d'un regard... Je parle là, pourtant, d'une chose qui me préoccupe : j'avais cru qu'un jeune homme doué d'une beauté aussi peu commune, si étrangement frappante, était fait pour ravager le cœur de toutes sortes de femmes, tout comme sa pauvre petite sœur a ravagé le cœur de tant d'hommes. Parce qu'il est vraiment superbe, et digne d'être affronté ; mais voilà, sa vie prend un tour différent, je m'aperçois qu'il ne cessera jamais de filer la quenouille au pied des Omphales qui jetteront leur dévolu sur lui. Il en résultera moins de drames, c'est toujours une consolation, je commence même à me demander s'il commettra jamais aucune sottise ; enfin, s'il atteint la trentaine sans s'être fait de mal, je ne pourrai que remercier la Providence. Faute de mieux, c'est lui qu'on devrait marier, plutôt que Frank, à Mlle de Rochelaurier. Lord Cheyne a tout son temps, et son terrain de chasse est illimité tandis qu'il est urgent de caser Redgie rapidement pour le mettre à l'abri de ses propres divagations. Nous connaissons tous sa faiblesse de jugement dès qu'une idée folle s'empare de lui. Sans ironie, je suis sûre que Mme de Rochelaurier lui veut sincèrement du bien. En 1825, elle avait totalement perdu la tête pour votre père, et Redgie a quelque chose de lui alors que Frank, trop doux, ne possède pas la prestance de mon frère. C'est bien elle, de ressortir les anecdotes et les vieilles ballades propres à tourner les têtes adolescentes. Je m'étonne pourtant de lui voir produire des souvenirs aussi chronologiquement révélateurs. Cherchant l'année de naissance de sa fille, je me suis souvenue qu'à Paris, en 46, elle était déjà de ce monde — petite maigrichonne de trois, cinq ans peut-être, du type *rose blonde*. (Dix bonnes années de moins qu'Octave de Saverny.) Ce qui convient absolument aux quatre ou cinq années d'aînesse de Redgie, Frank étant vraiment très jeune. Donnez-moi franchement votre opinion, la mienne est que Frank a besoin de se frotter davantage au monde avant d'envisager le mariage. C'est à peine s'il est majeur. Un attachement ne peut évidemment pas lui faire de mal. J'imagine Mlle Philomène intelligente (il n'existe, Dieu sait, aucune raison pour que la placidité de cervelle et de langage du pauvre vieux vicomte lui ait été transmise), encore sous l'influence spirituelle du couvent mais tout agitée par les grands problèmes, comme on l'est à cet âge. Armande, je crois m'en souvenir, est depuis quelque temps ardemment légitimiste (curieux, de sa part) ; elle a dû s'efforcer d'arracher le chiendent démocratique poussé chez Reginald, et chercher à le faire revenir de ses hérésies. Je voudrais entendre cela ! Depuis la venue du Second Empire, il paraît qu'elle a accroché l'emblème du lys sur tous les murs et rallié son équipage autour de la vieille bannière. Henri V ne doit plus se tenir de reconnaissance. Desloches, le journaliste du parti catholique, a été un de ses convertis. C'est lui que Sindrakoff, dans son emphase hyperboréenne, a qualifié devant moi de *cochon manqué*. Déjà, dès la parution de la *Légende des Siècles*, je l'avais quant à moi surnommé le pourceau du sultan Mourad. Son journal devrait porter comme devise

Le pourceau misérable et Dieu se regardèrent.

Edmund Ramel m'a dessiné une merveilleuse caricature représentant Armande de Rochelaurier sous l'apparence d'un sultan à la barbe fleurie, tuant les mouches, ses victimes (sociales et autres) jonchant le sol. *Que Victor Hugo me pardonne !*

Comme il ne peut encore être question de fiançailles ou autres bagatelles, j'aimerais connaître vos déplacements des mois à venir. C'est navrant d'imaginer Lidcombe déserté pendant toutes ces semaines au moment de sa plus grande splendeur, lorsque la noble et mélancolique beauté de l'automne s'en empare. Oh, cette campagne et ces collines, fort bien dépeintes par Redgie (qui vient enfin de trouver des accents lyriques tout personnels) « comme traversées, rendues sonores par les trompettes marines... ». Les falaises de Hadleigh à l'équinoxe offrent un spectacle incomparable, quoique cette année, doux Jésus, nous ayons eu notre compte de flots déchaînés. N'empêche, il est nécessaire que Frank vive là-bas, sinon Lidcombe et lui ne s'accoutumeront jamais l'un à l'autre. Pourquoi ne vous y installez-vous pas quelque temps pour l'aider à tenir sa maison comme peut le faire une sœur, lui apportant un peu de présence affective et tranquille, pour une fois ? C'est à peine s'il y a passé dix jours depuis le printemps. Après avoir profité de votre hospitalité pendant six semaines, si l'on excepte un court interlude à Lidcombe fin juillet et quelques journées à Londres, c'est bien son tour de vous recevoir. Si vous n'y teniez pas, pour quelque raison sentimentale, pourquoi ne pas vous rendre chez lord Charnworth comme l'an dernier ? Une petite séparation serait excellente, elle permettrait de voir si le projet Rochelaurier possède la moindre consistance. Non que je tienne *à mettre des bâtons dans les roues*, mais connaissant l'esprit d'intrigue de la mère (j'ai peine à faire confiance à Armande) il ne serait pas mauvais de couper court, afin de voir venir. J'essaierai de rencontrer Philomène cet hiver s'ils sont encore ici, ou à Paris. Les Charnworth, ces amours, seront enchantés de vous avoir. Le deuil d'un cousin n'est pas une raison suffisante pour s'enfermer dans une moderne thébaïde, si charmante soit-elle. Impossible d'imaginer que votre ancienne préférence pour Octave de Saverny continue à jouer au détriment de lord Charnworth, comme au temps où vos mépris ont poussé ce malheureux au mariage. Prenez garde aussi en restant chez vous, même si c'est dans votre hôtel de Londres, et étant donné l'intimité qui semble se renouer, de vous trouver soudain avec la maison Rochelaurier et Cie sur les bras à Blocksham avant d'avoir pu vous retourner. Le domaine de la science serait ravagé sous les yeux de M. Radworth, auquel il ne resterait plus qu'à se suicider.

Mais mon imagination tourne vraiment au noir et mieux vaut s'arrêter. C'est d'ailleurs l'heure du courrier. Le docteur aussi vient de terminer sa visite. Il nous a donné des nouvelles singulières de sa patiente. Personnellement j'avais pressenti quelque chose dans cette direction. De toute façon, il n'y a pas de danger immédiat, restons donc dans l'expectative; Je compte sur vous pour ne pas ébruiter cet espoir (ou cette crainte) : je ne le mentionne que pour remédier à l'inquiétude qu'aurait pu vous donner le début de ma lettre. Il serait impardonnable d'éveiller inutilement des commérages apitoyés ou malveillants : on pardonne mal, dans les circonstances délicates d'un veuvage, ce genre de fausses rumeurs. Affirmez simplement à Frank qu'elle est hors de danger : je n'en aurais pas pronostiqué autant il y a un mois. Elle semble tellement malheureuse, tellement embarrassée. Mais il faut que je m'arrête, je vous envoie mes tendresses comme on disait autrefois. Prenez soin de tous, surtout de vous-même à bien des points de vue, et conservez vos pensées bienveillantes à votre tante affectionnée.

HELENA MIDHURST

137

Plessey, 22 octobre

Mon fils,

Je vous ordonne de rentrer immédiatement pour commencer vos préparatifs, à moins que vous ne souhaitiez une fois de plus laisser échapper cette chance de travail, et vous attirer ainsi mon mécontentement le plus grave. Voilà ma réponse. Vous n'êtes pas sans savoir que, depuis de nombreuses années, vous avez cruellement déçu et mes espérances et chacun de mes projets vous concernant. Vos études, tant au collège qu'à l'université, forment à présent un chapitre clos. C'est expressément à l'encontre de mes vœux et de mon attente que vous vous trouvez encore à Londres au lieu d'être ici avec moi et, quoique je connaisse le dédain total des obligations et du devoir que vous avez manifesté dans le passé, je n'ai pu retenir ma surprise à votre dernière suggestion. Si vous vous rendez chez les Radworth avant de revenir ici, ce sera un défi direct à mes ordres. En vous l'interdisant formellement, je pense être clair. Faisant suite à l'entretien que nous avons eu à ce sujet, je considère votre suggestion comme une preuve de rébellion et une insolence. Je suis au fait de l'enchaînement des circonstances qui, c'est bien compréhensible, ont déterminé vos sentiments à l'égard de votre cousine, et vous savez que je le suis. Elle et vous avez déjà éveillé la médisance, et souffert les reproches que votre conduite, inexcusable, infantile, méritait. Ma résolution — et je ferai en sorte de vous en faire souvenir — est de mettre fin à tout ceci. Étant tombé sur une lettre de votre grand-mère, lettre datant de plusieurs mois (avant, je crois, le terrible accident survenu à Portsmouth auquel vous vous êtes trouvé mêlé) dont chaque ligne est un commentaire à cette passion, je l'ai lue attentivement. Des secrets de cette sorte, vous n'avez ni le droit d'en avoir ni celui de les dissimuler, et mon devoir est de les connaître. Si vous comptez un jour retomber dans ce genre d'agissements tortueux, commencez par avoir un peu plus d'ordre : la lettre dont je parle, dans un fatras de papier, m'est littéralement tombée sous les yeux. Je ne me mêlerai pas de faire des remarques sur le style employé par lady Midhurst en s'adressant à vous ; mais, comme vous vous en doutez, ma façon de voir les choses diffère totalement de la sienne. A tort ou à raison, ce genre de relations (qu'elle semble admettre) m'apparaissent criminelles, méprisables, elles sont loin de m'être indifférentes et je ne saurais les tolérer. Bien qu'à mon sens vous ayez agi, et écrit, comme un enfant, vous n'en êtes pas moins coupable. Mais je n'entreprendrai pas de sermon : notre unique sauvegarde contre le mal, notre seul antidote à la folie, il y a beau temps qu'on vous a encouragé à le tenir pour négligeable et à l'ignorer. Toutes les barrières édifiées autour de votre jeunesse, vous avez choisi, dès le départ, de les renverser. Ma seule consolation, bien mince, est de constater (autant que je sache) que vous n'êtes pas tombé dans le piège des vices grossiers considérés par beaucoup de jeunes fous comme de plaisantes faiblesses. Cela par pur hasard, providentiellement ; il ne s'agit ni de retenue, ni d'un courage digne de ce nom. Si bien que cette absence toute fortuite de péché me semble peser bien peu. Depuis l'enfance, je le rappelle une dernière fois, vous avez contrecarré mes efforts et abusé ma confiance. Religion, discipline, indulgence, sécurité, surveillance attentive, tous ces moyens ont failli l'un après l'autre. D'un naturel affectueux, et sans visible tendance au vice, mais instable, coléreux, jouisseur, paresseux, réduisant à néant toutes directives, vous n'avez pas une seule fois accepté de vous soumettre au simple et noble sens du devoir. Au collège éternellement puni, à la maison toujours en faute, les corrections physiques ou les punitions morales n'ont pas réussi à vous inspirer la honte, ni à vous transformer. Aux uns comme aux autres vous avez su opposer une force d'inertie effrayante, combinée aux inventions inépuisables de la rébellion active. J'ai encore dans l'oreille la remarque d'un de vos précepteurs : « la sévérité a peu d'effet sur cet enfant, l'indulgence moins encore ». Inutile de vous rappeler le couronnement de votre carrière universitaire : si seulement il vous était resté quelques regrets et un peu de confusion ! Fruit de la paresse la plus absolue et d'une vanité sans borne, conséquence de l'habitude invétérée de refuser la moindre discipline, vous ne prîtes d'ailleurs aucune peine pour éviter un fiasco aussi déshonorant.

Vous savez pourtant à quel point j'ai désiré, tenté, même alors, d'accomplir pour vous ce qui était en mon pouvoir ; vous savez combien j'ai souhaité effacer le passé pour faire place à l'indulgence, et si depuis toujours, la plus grande et la plus affectueuse des compréhensions vous a été ou non offerte — dans l'espoir de vous éviter le poids de la plus lourde partie de vos erreurs. Oui, vous le savez, votre conscience et votre cœur peuvent en témoigner. Vous ne m'avez jamais fait connaître de réconfort ou de joie ; et pourtant il faut me préparer à en recevoir moins encore dans les années qui viennent. Dans cette amertume, néanmoins, je ne faillirai pas à l'accomplissement de mon devoir. Tant que je possède les moyens de vous tenir en bride, je n'abandonnerai pas les rênes. Moi vivant, vous serez empêché de dire, de faire, si possible même de penser, quoi que ce soit qui puisse causer du mal à autrui. Je vous intime de ne pas accepter l'hospitalité d'un homme qu'avec impudence et folie vous faites profession de mépriser et de détester. Ne pouvant faire appel à l'obéissance filiale, c'est au gentilhomme que je m'adresse. Respectez mon opinion et ce témoignage de confiance qui me font dire : n'allez pas à Blocksham. M. Ernest Radworth vous est infiniment supérieur dans tous les domaines. Ses talents naturels ainsi que les dons accordés par la naissance, il les a développés avec une admirable conscience, employés au maximum. Sa conduite a toujours été en harmonie avec ses convictions et, dans ses rapports avec autrui, il n'a cessé de se montrer serviable, bienveillant, d'une droiture exemplaire. Tout en suivant la route choisie, il a su demeurer pur et faire le bonheur de son entourage. Depuis sa naissance, il a été la fierté des siens ; à la mort de son père, il s'est maintenu au niveau de prééminence et de distinction que, depuis la jeunesse et l'adolescence, son mérite lui avait acquis.

Digne de ses pairs et digne (mais vous êtes incapable d'en juger) de succéder aux grands chercheurs scientifiques de l'Angleterre, admirable en tous points, il n'est pas moins digne de respect dans sa vie privée et ses relations familiales. Il n'existe pas d'homme pour lequel j'éprouve autant d'estime — j'ai presque écrit : admiration — que pour M. Radworth. Je crois profondément que son passé tout entier, humainement parlant, est exempt de faiblesses. Chaque journée, chaque heure pourrait-on dire, a connu l'anoblissement du labeur et, par conséquent, son immédiate récompense. Car les hommes de ce genre travaillent au bénéfice de tous, non pour leur satisfaction personnelle, et le monde sait un jour le reconnaître. Il n'existe pas sur terre de gloire plus pure et moins égoïste que celle du savant, et M. Radworth peut raisonnablement espérer que ce qui lui manque, peut-être, lui sera un jour accordé. Le mépris, l'aversion éprouvée par un jeune incapable à l'égard d'un caractère aussi remarquable qu'Ernest Radworth est simplement grotesque — et navrant. Comment pourriez-vous prendre conscience d'une parcelle du dixième de sa valeur ? Mais je suis résolu à m'opposer à l'abus d'une amitié dont vous êtes indigne. Votre cousine... je me contente d'espérer qu'elle comprendra un jour la valeur d'un tel cœur et d'une telle intelligence. Le chemin du repentir et de l'humilité pourrait seul lui permettre de trouver le bonheur et la dignité. Étant donné l'affection que je porte à Ernest Radworth, je serais désolé d'apprendre le contraire, et d'avoir à adopter l'opinion sans fard de lady Midhurst, lorsqu'elle affirme que sa petite-nièce est incapable de discerner, et de suivre, un tel chemin.

Vous savez maintenant ce que je veux et je

n'ajouterai rien à ma requête. En espérant, quand ce ne serait que pour votre propre avenir, vous voir suivre mes instructions.

Je demeure votre père affectionné et anxieux

PHILIP HAREWOOD

Lidcombe, 13 novembre

Ma chère sœur,

Je reçois ta lettre à l'instant. N'hésite pas à venir le mois prochain, et reste avec moi le plus longtemps possible. Seul ici, je ressens chaque jour davantage comme une irritation maligne l'atmosphère sépulcrale de cette maison. Reginald, enfin, viendra bientôt passer quelques jours avec moi. L'espoir qu'il avait de se rendre à l'étranger semble s'estomper dans les brumes de l'incertitude. Son père est venu dernièrement, avec un visage à l'envers, qui aurait fait peur à un enfant. Il n'avait pas l'air de joyeuse humeur. Son aide m'est précieuse. Quant à Mme de Rochelaurier, pour être franc, je ne tiens pas à la rencontrer à ce moment précis, ne compte donc pas sur moi avant le départ de tes invités. Ensuite, oui, si les circonstances s'y prêtent, j'irai volontiers te chercher ainsi qu'Ernest. Toute occasion de m'absenter, sans toutefois m'éloigner trop, est la bienvenue. Des nouvelles de Ashton Hildred devraient nous parvenir d'ici peu, et tout le reste, gens et choses, n'est que le cadet de mes soucis. Les louanges que tu décernes à Mlle de R. sont

144

entièrement méritées. C'est une charmante fille, plaisante à regarder, et si Redgie l'épousait je l'envierais presque. Madame sa Mère serait disposée à me la donner ? Parfait, parfait, c'est fort aimable à elle. Malheureusement, s'il m'arrive, en admirant Mlle Philomène, de m'abandonner au son de sa voix, comme on prête attention aux paroles d'une mélodie, invinciblement le souvenir d'un autre visage, cent fois plus beau et digne de contemplation, s'élève entre nous : si pâle lorsque je le vis pour la dernière fois et comme succombant sous le poids de sa chevelure, les paupières alourdies d'un avenir de larmes, visage scellé par le malheur et le déchirement pitoyable d'un immense espoir brisé. L'or profond d'une certaine tête ainsi que la lumière d'un regard vert et gris, où jouent des couleurs de mer ensoleillée, avec leurs pupilles parcourues de rayons et de clartés, éclipsent pour moi l'œil noir velouté de Mlle de Rochelaurier. Et sa bouche, le renflement de la lèvre inférieure sur le menton — de si tristes, de si parfaites lèvres faites pour exprimer la confiance et une tendre domination, et aussi cette façon incomparable qu'elle a de relever imperceptiblement le visage lorsqu'elle commence à parler, pour le faire retomber avec une grâce de fleur en terminant sa phrase. Jamais je n'entendrai résonner de voix semblable dans tout l'univers. Impossible, et inutile, de dissimuler ou d'atténuer — et pourquoi d'ailleurs maintenant ? — les sentiments qu'elle m'inspire. Je l'adore, de toutes les forces de mon être. Au moment où, après tant d'années heureuses, elle se trouve précipitée dans le malheur, dangereusement malade autant que je sache, et peut-être désespérée à jamais, il est impensable que moi (cloué dans la demeure dont il a fallu que je la dépossède) j'aille

145

attacher mes pensées à quoi que ce soit en dehors d'elle ou m'attacher à quelqu'un d'autre. Voilà la vérité toute simple, garde-toi d'y voir de l'exagération ou du romantisme. S'il ne m'est pas possible d'épouser la seule, l'unique créature faite pour moi, dans sa bonté sans défaut, dont la perfection merveilleuse m'a pénétré, une autre union serait une insulte, à elle et à mon propre cœur. Ce que Tante Midhurst pense des Rochelaurier m'importe peu. Tout ce que j'espère, maintenant que tu m'as fait connaître sa pensée et qu'elle te dit s'opposer catégoriquement à l'idée de me voir épouser quelqu'un, c'est qu'un jour elle pourrait envisager comme un choix possible et prendre en considération l'accomplissement de mon unique et ardent désir. C'est à peine si, même avec toi, j'ose effleurer le sujet d'un espoir aussi insensé, mais il est préférable que tu saches à quoi t'en tenir : pour moi ce sera ça, ou rien. Tu penses qu'elle mentionne le nom de Redgie Harewood par feinte et méchamment, pas moi. Elle est encore dévorée par la passion de l'intrigue et du pouvoir, et n'aime rien autant, c'est manifeste, que de manipuler les ficelles, marier et démarier les gens, tirer des plans sur la comète et les détruire. Personnellement j'aimerais bien voir Harewood marié et la paix revenue à Plessey : ce n'est pas un mauvais bougre et elle a toujours eu un faible pour lui. Bien qu'il ait, à Portsmouth, hautement mérité cette faveur, je l'étranglerais bien pour la facilité qu'il a d'écrire à A., alors que ma vie se passe à considérer les obstacles accumulés entre nous. Si je pouvais la joindre d'une façon ou de l'autre, je parviendrais à la soutenir — alors que je ne vois guère quel secours il est susceptible de lui apporter. Sans compter que, lui marié, ils pourraient se revoir, ce qui ferait grand bien à Reginald. Son culte idolâtre tournant à l'obsession, à toi de lui fournir le nouvel idéal qui te soulagera un peu de son adoration. Je connais maintenant la misère d'avoir à combattre, on ne sait encore comment, une chose soudain devenue trop profonde. Si j'en avais le droit, je te raconterais tout ce que j'ai appris à regretter depuis le début de l'année, et seulement parce que j'ai compris depuis la mort de Cheyne que, dans son exquise bonté, elle se ferait grief du moindre malentendu élevé entre eux — Dieu sait, elle devait bien voir qu'elle le valait cent fois, elle a toujours été irréprochable. Si on me donnait seulement l'occasion de défendre sa réputation ! Mais hélas, je ne puis me battre avec elle pour les reproches qu'elle s'adresse ! Je ne sais ce que je t'écris, j'ai la tête absolument perdue. Si je pouvais seulement m'épuiser de travail, oublier, vivre sans réfléchir comme un animal, voilà qui serait raisonnable. Que peut-elle penser de moi, qui aurais souhaité la défendre contre le monde entier, et qui suis l'un des artisans de sa douleur ? Cet air, où rien d'elle ne subsiste, m'étouffe. Je sais parfois, je devine, qu'il lui arrive de se souvenir, et de regretter l'absence d'objets familiers, les compagnons muets de sa vie de femme, quelques livres — je te les montrerai quand tu viendras — que je n'ose envoyer comme cela, sans un mot. Il m'est interdit de lui écrire. Lady M. me donne virtuellement le tremblement, l'idée d'entrer en conflit avec elle me terrifie comme un enfant. Je vois clairement qu'on s'attend à une naissance, d'ici quelques mois peut-être (mon Dieu, si seulement ils avaient déjà eu un héritier !) mais qu'on se refuse à en parler. Il ne reste qu'à me taire, qu'à endurer. Mon indifférence est totale : rien ne saurait m'apparaître pire ou meilleur. Les joies que me donnent un titre et un beau château sont trop creuses pour entreprendre la lutte qui me les assurerait. Qu'ils lui soient bénéfiques à elle. N'en tiens pas rigueur à notre pauvre tante, mais ces deux-là sont les vrais enfants, et elle nous a toujours détestés en conséquence. Aimons-nous Reginald d'ailleurs ? Fais attention, car Ernest tressaille maintenant quand il est nommé et, sans vouloir faire d'histoires, c'est une chose à éviter. C'est un type dans lequel on ne peut avoir entière confiance, bien qu'il ne soit pas méchant ; *enfin* (comme elle dit), tu vois ce que je veux dire. Ernest n'est pas un charmeur en société, Redgie et toi aimez rire ensemble : cette vieille ne serait quand même pas assez folle pour croire au pire, mais il faut compter avec sa nature d'oiseau de proie, dont elle possède d'ailleurs le bec et l'appétit de chair fraîche. Je m'en remets à ta raison et à ton cœur. Et pardonne-moi de me raccrocher ainsi à toi, mais tu es mon seul refuge.

FRANCIS

Ahston Hildred, 22 novembre

Ma chère Clara,

J'ai enfin reçu la permission d'écrire et viens vous remercier. En apprenant que vous m'aimiez toujours j'ai ressenti de la joie pour la première fois depuis longtemps. Ma fuite stupide de Portsmouth vers le refuge familial n'était pas due au manque de reconnaissance. J'ai été capable de mesurer l'étendue de votre dévouement, ne pensez pas trop de mal de moi. Cette lettre, quoique brève, mais venant de vous, m'a fait plus plaisir encore que l'envoi qui l'accompagnait, bien que je sois heureuse de retrouver des affaires que je ne me serais jamais permis de faire chercher à Lidcombe. Votre façon d'agir en est encore plus délicate. J'espère que vous allez tous y faire un heureux séjour, c'est une consolation de savoir cette pauvre maison de nouveau habitée. On vous aura peut-être dit que j'étais malade ? Nullement. Assez faible, oui, mais surtout victime d'une lassitude inexplicable. C'est extraordinaire d'être aussi fatiguée, de nuit comme de jour, éveillée ou endormie. Il me semble que l'univers ne contient plus rien d'aimable, et qu'il est beaucoup plus facile de pleurer que de réfléchir. Cela vient de ma sottise naturelle, et de ma lâcheté en face des choses. Si l'on ne se montrait aussi bon envers moi, je me demande si j'oserais même exister, ou prétendre exister. Mais le dévouement de mes proches eux-mêmes n'aurait pas été plus grand que celui, je le sais, dont vous m'avez entourée là-bas, lorsque vous m'avez soignée et m'avez épargnée tant de choses affreuses. Vous avez été aussi merveilleuse que Reginald, vous m'avez sauvée tous les deux non seulement en prenant soin de moi mais en assumant le reste. Je m'en apercevais bien, croyez-le. Lorsque je suis au plus bas, lorsque la tentation de « tout » abandonner m'assaille, c'est grâce à ces souvenirs que je parviens à me raccrocher : je me dis alors, je me flatte de croire que, si je n'avais pas mérité un peu votre pitié, vous n'auriez jamais pu être aussi bons.

Il me peine que vous le jugiez aussi sévèrement, car depuis ce moment-là je vous ai unis dans ma pensée. La gentillesse qui accompagne votre jugement ajoute à mon désarroi. J'espère que vous n'avez à lui reprocher que cette naïveté qui lui fait exprimer sa pensée sans chercher à dissimuler ses sentiments. Vous lui avez toujours inspiré une admiration exaltée ! Or, à part vous, qui m'êtes tellement supérieure, et moi, il n'a jamais trouvé d'affection dans sa famille, et je ne crois pas non plus qu'il ait cherché de consolatrices. Si j'avais été semblable à vous, il en aurait sans doute été différemment, mais il y a si peu de gens qui apprécient ses qualités. Pauvre garçon, je ne lui suis pas bonne à grand-chose, encore qu'il m'aime tendrement.

Ma grand-mère m'avait un peu mise au courant de la surprenante nouvelle que contenait votre lettre. J'espère, puisque vous semblez le souhaiter, que Mlle de Rochelaurier et votre frère verront leurs espoirs se réaliser, et j'en serai bien heureuse pour eux. Cela ne me fait aucune peine de penser au mariage qui se célébrera un jour à Lidcombe ; au contraire, la place d'une femme y est toute marquée, et, puisqu'elle vous plaît à tous deux, je suis certaine que cette personne doit être absolument charmante. Ne manquez pas de m'indiquer le moment où l'on pourra envoyer des félicitations. Je regrette de ne l'avoir jamais rencontrée, personne ici n'ayant pu me dire comme elle était. Tout ce que je sais est que sa mère n'est pas spécialement belle.

Mais il faut que je m'arrête, sinon on m'arrachera la plume des mains. Avec raison d'ailleurs, je me sens vraiment stupidement lasse, et le miroir me renvoie le portrait d'une personne hideuse. Il me semble parfois « que je m'en vais » ; mais, comme mon intention n'est pas de déguerpir ainsi, n'allez pas répéter une bêtise pareille. J'espère que la vue de M. Radworth s'améliore, ainsi que ses fatigues — ses yeux et son cerveau ont autrement de valeur que les miens, et j'étais désolée d'apprendre que sa santé vous donne du souci. Avec mon affection pour vous et pour Redgie que je vous confie, en espérant que vous le rendrez sage.

AMICIA

Lidcombe, 15 décembre

Décidément, je ne débuterai pas dans le monde. C'est désormais impossible : tout est en l'air. Ça a fait une histoire terrible avec mon père. Toi qui connais sa manière de penser et la façon dont il écrit, tu peux imaginer la lettre que j'ai reçue il y a deux mois, lettre fulminante s'il en fût jamais, de père à fils. Je lui ai répondu du tac au tac et ne me suis plus occupé de rien. Il s'était permis de s'en prendre à elle aussi, d'une façon infamante. Qu'on ne compte pas sur moi pour la planter là comme un pleutre, car elle les dépasse tous de cent têtes. Sa confiance est si belle. Je donnerais ma vie pour cette femme. Il y a longtemps que Frank aurait dû la débarrasser du mari, s'il en avait eu l'audace. Après tout, un homme ne doit pas se défiler par peur. Plaisante tant que tu veux, tu ne sais pas ce que c'est d'être sérieux. Elle est enchaînée, elle, à la merci de cette espèce d'animal qui lui parle, la suit partout, saisissant sa main ou son bras — parole, je l'ai vu, ça s'est passé sous mes yeux. Il me semblait la voir lapider. Et elle lui répond sans même frémir. Le courage féminin est simplement inimaginable. A sa place, ne pouvant me battre, je prendrais la fuite vingt fois par jour. Il vient lui montrer des os et des cailloux. Tu ne peux imaginer l'allure et la figure de ce type, sa voix. Elle l'écoute décrire ses ennuis de santé. Il m'a dit : « Ah, j'aimerais bien pouvoir manger de tout comme vous »... S'il présentait la moindre grandeur (on dit les femmes capables de toutes les abnégations), on pourrait supporter cela, mais un pédant, un rat de bibliothèque de ce calibre — gaspiller sa dévotion envers un sous-humain ! L'animal n'est pas dépourvu d'intelligence en tant que produit du singe et du castor, mais cela ne peut continuer. Hier, je l'ai surprise, seule dans la bibliothèque, où elle faisait des recherches pour lui. L'idiot était plus ou moins à la chambre. Elle m'a parlé, avec une espèce de dérision attristée dans le regard, sans sourire, et ses sourcils frémissaient comme ils ne font jamais quand il est là et quoi qu'il lui raconte. Elle est si absolument parfaite et douce envers lui que j'en deviens fou. Bref, je ne suis pas parvenu à lui cacher que je trouvais ça honteux, à quoi elle a rétorqué que c'était le sort des épouses. Alors je me suis lancé, j'ai dit qu'elle n'avait pas le droit de s'abaisser, qu'aucun gars digne de ce nom ne pouvait rester passif en face de choses pareilles, et que, quant à moi, j'aimerais mieux avoir Haynau tous les jours sous les yeux. Enfin, quoi, j'ai drôlement perdu la tête, je lui ai sorti des folies. A moins qu'elle ne me renvoie, je ne renoncerai jamais à elle. Car elle ne se plaindra jamais à son frère. Il suffit pourtant, pour comprendre, de voir ce type assis à côté d'elle, si l'on a des yeux et du cœur. Je me rappelle à quel point tu étais amoureux l'année dernière, mais Mlle Charnworth n'a jamais jeté personne dans la fièvre de tendresse et de pitié que m'inspire cette femme. Pourquoi s'apitoyerait-on sur Mlle Charnworth ? Or je ne crois pas qu'on puisse véritablement adorer ce qu'on ne plaint pas un peu. Et s'apitoyer sur un être qui vous est tellement supérieur, ce n'est pas supportable. Ça donne envie de souffrir pour elle. Si elle voulait, je me laisserais insulter ou frapper par lui. Rien ne me touche, à part son expression à elle. A part la douceur de ses yeux aux lourdes paupières, ses yeux d'ange souffrant d'une étrange peine, ses yeux sans peur et sans reproche prêts à des larmes toujours retenues. Autour des lèvres, sous les paupières, on dirait qu'une main cruelle — sa main à lui — lasse de tant de beauté, a posé un sceau de tristesse. Elle a dû deviner mon désir de l'emporter et la cacher pour qu'elle soit libre, loin de leur vue à tous, je m'en contenterais. Alors, je te jure que c'est vrai, elle a pris ma main entre les siennes, mélancoliquement, sans dire un mot, sans me regarder, deux fois elle a retenu un soupir ; et je suis devenu fou. Je ne sais pas comment, mais j'ai tout osé : je lui ai demandé de fuir avec moi. Relevant un visage tremblant et beau, avec des yeux brillants de larmes cachées, elle m'a ordonné de me taire. Puis elle a ramassé les livres, elle est sortie, et s'en est retournée vers lui. Peux-tu, quand il s'agit d'une femme pareille, m'imaginer papillonnant avec grâce et légèreté, changeant d'amours ? A cause de mon père, peut-être, ou d'Ernest Radworth ? Son décolleté couleur de perle semble poudré de pollen, ses cheveux embaument la fleur et le miel. Il n'existe personne sur cette terre d'aussi sage et bon. Ses doigts laissent aux lèvres un parfum de violette. Son courage et son intelligence la rendent supérieure à bien des gens célèbres. Seulement, elle ne dit rien qui puisse montrer sa grandeur d'âme. En y repensant, je ne crois pas que ses yeux soient de teinte noisette. Elle porte le royal et triste sceau d'un grand silence. Ses cheveux, et aussi ses cils, changent dans la lumière. Je ne connaîtrai jamais l'ampleur de ses pensées. Elle rayonne de bonté. Ce bel ange a charge d'âmes. Ses sourcils épais et nettement dessinés protègent directement les paupières sans cet intervalle qu'on voit chez les autres femmes. Leur expression est inexplicablement belle, et leur inflexion y ajoute la tendresse. Elle a charge de mon âme, en tout cas. Je n'aurais été qu'un brute ou un guignol sans ce visage-là. Elle semble pétrie du même élément que ces pétales de roses qu'il lui arrive de froisser dans ses paumes. Elle sait pardonner, écouter, se fâcher impitoyablement quand il faut, à l'encontre des autres femmes. Sais-tu que lady Midhurst la hait, et en dit des horreurs ? Les meilleures d'entre elles sont cruelles et jugent bêtement leur sexe. Un jour où nous parlions de lady M., je me suis mis en colère, mais elle m'a aussitôt arrêté.

« Pour vous, elle n'est que bonté, fit-elle (et c'est vrai). Votre sœur et vous-même êtes ses enfants chéris, si bien qu'elle nous en a toujours voulu à Frank et à moi. Je ne l'en apprécie pas moins pour ma part. Je souscrirais même à son jugement sur vous. Il fut un temps où j'aurais souhaité être aimée d'elle, mais il faut bien pardonner leurs faiblesses aux gens. C'est peut-être ridicule de sa part, mais elle ne m'aime pas du tout, du tout... » Il faut bien la connaître pour comprendre le sourire qui accompagnait cela. « Seulement il est navrant qu'elle prenne un tel plaisir à donner des coups de griffes, car à force de ricaner elle s'est rétréci le cœur. » Je fus frappé par cette remarque.

« Si elle était capable de croire aux êtres, ou d'éprouver quelque sentiment, son intelligence et sa curiosité accompliraient des merveilles ! En fait, on ne peut obtenir d'elle affection ni repos, il est impossible de se tenir sur la pointe piquante de ses boutades. Ses regards coupent, ses phrases écorchent. Cette éternelle patience sarcastique lorsque, assise, les bras croisés, le regard froid, elle traite du bien et du mal, cette semi-condamnation esthétique, quel que soit le parti embrassé, sa tolérance cruelle et son impitoyable compassion des bons et des méchants (elle possède l'inépuisable vigilance d'un dilettante un peu cynique commis à l'inspection de la nature humaine) font qu'elle en arrive à donner des leçons à Dieu (si j'ose m'exprimer ainsi) à force de mépris pour sa créature... L'habitude aussi de se placer là où miroite l'envers glacé des choses, là où la dureté des êtres met des étincelles dans ses yeux, oh combien cela devient vite douloureux ! C'est vider l'idéal de sa substance. Ses mots réduiraient un Garibaldi à l'impuissance. Son univers est fait de sécheresse et de déserts, de gemmes, de fer, de métaux rares et de pierres mortes sous un soleil implacable, c'est une étendue jonchée de joyaux. Plutôt que de l'écouter, et malgré mon horreur du cynisme, je préfère relire *La Chartreuse de Parme* de bout en bout : elle n'est qu'un succédané de Stendhal. »

Tu vois à quel point ce qu'elle dit peut me frapper : je voulais te citer ses premiers mots et tout m'est exactement revenu en mémoire. Ce sont bien ses paroles ; je connais le mouvement de ses yeux, de sa tête, et la façon dont ses lèvres ou son cou se gonflent. Après quoi elle lui chercha des excuses, avec délicatesse et mansuétude : juge ainsi de l'intelligence qu'elle possède, de son acuité. Cette créature splendide évite tous les pièges. Elle admet qu'on soit méchant avec elle, sans se rendre compte à quel point c'est anormal ! Jamais rien de sec ni de bas, jamais chez elle le regard borné de la méchanceté. Ne pas aimer la grandeur et ne pas abhorrer la bassesse, voilà qui lui paraît impardonnable, incompréhensible. A tout ce qui n'est pas vilenie, tout ce qui ne nécessite pas d'être redressé ou combattu à l'instant, elle fait confiance. Elle voit partout loyauté et bravoure, la beauté de ce qui est bon et la noblesse de l'indépendance, elle croit tous les hommes dignes d'être hommes, et les femmes dignes d'être femmes.

Voilà ce qu'elle est — même en t'écrivant jusqu'à la fin du temps, et toi lisant pendant des siècles, je ne parviendrais pas à la décrire un peu. Peux-tu imaginer qu'on vienne me parler de la petite Rochelaurier ? Eh bien, c'est ce qu'elle a fait, et à moi en personne, du moins jusqu'à ce que je l'en dissuade, (n'appréciant pas plus le sérieux que la taquinerie à ce sujet). Philomène est un bon petit cœur, elle croit à l'infaillibilité de son Pape Iscariote et à l'écrasement de la canaille à Gaëte. Ils comptent là-dessus pour amadouer mon père. Ce dernier a admiré les Hommes de décembre jusqu'au jour où ils ont eu la maladresse de faire peur au gros John Bull qui ruminait dans sa mangeoire, si bien que cette douce bête, affolée, a montré les cornes sous forme de baïonnettes et de volontaires, comme un animal qui se défend. Je me souviens de la façon dont il parlait de Beauharnais, à propos des *Châtiments* qu'il m'avait trouvé en train de lire en été. Tu étais encore à Oxford, je crois, quand nous avons eu un débat au sujet de ce voleur à la tire. Le credo de mon père étant celui des sociétés triomphantes, il vit cramponné à la théorie du Salut par la Damnation. « L'homme fort est né pour commander » et tout le refrain qui en découle. La liberté signifie avoir du beurre sur son pain, puis de la confiture, puis du foie gras. *Libre à vous, messieurs les doctrinaires.* Se faire pendre, brûler, crucifier pour sa cause : quelle idiotie infinie, quelle imbécillité suprême ! Vous voulez la preuve de votre bêtise : c'est la défaite. La fumée du bûcher réfute les martyrs... au nez des pourceaux. Quand les gens ont des notions semblables et agissent selon leurs principes, comment n'en pas déduire qu'ils se trompent sur tout ? Comment différencieraient-ils un noble cœur ou un grand esprit d'un petit intrigant ? L'honneur ne se porte pas épinglé sur la poitrine aux fins de renseigner ceux qui sont incapables de rien discerner au-delà de l'uniforme ou de la livrée. Personnellement — comme, je suppose, tous les êtres sains et qui n'ont pas été étouffés par le quant-à-soi — je sais voir la grandeur d'âme lorsque je la rencontre : reconnaissant aussitôt mes supérieurs sur ce point, il m'est naturel de les vénérer. Comment ne pas s'incliner devant un caractère doué d'une force qui vous dépasse ? On est tellement heureux d'admirer, il doit être si plaisant de servir un vrai maître. De plus, impossible ainsi de faire fausse route. J'ai le sang qui bouillonne lorsqu'apparaissent ces grands-là, je me sens parcouru d'un feu. Quelle que soit la supériorité entrevue : sagesse, talent, autorité, ou encore cette auréole des grands soldats et des nobles exilés, et aussi, simplement, la beauté. Il est doux d'accepter nos supérieurs plus ou moins selon le cas : il est bon de tomber à genoux, c'est tout. Victor Hugo, Miss Cherbury l'actrice, Tennyson, ce type de la charge de la brigade légère quand nous étions collégiens, à nous de nous incliner et de montrer de la gratitude en les voyant là, si nobles au-dessus de nous. Quand des hommes, qui ne me sont supérieurs en rien, refusent non seulement de s'incliner mais encore s'attaquent à ce que j'admire, je ne le supporte pas. Donc, s'il m'arrive un jour de changer d'avis, cela n'aura strictement rien à voir avec ce qu'aura dit ou fait mon père.

Je parie que tu te repens de m'avoir écrit et incité à cette réponse ! Pourtant : n'oublie pas ce que j'ai subi l'année dernière au sujet d'Eleonor (dont tu as maintenant compris que, même pour un type en délire, il n'y avait pas grand-chose à dire).

Je demeure ton ami à jamais.

R.E. HAREWOOD

Ashton Hildred, 14 janvier 1862

Mon cher Reginald,

C'est moi qui prendrai la plume aujourd'hui à la place de notre grand-mère qui n'est pas bien et insiste pour que tu aies de nos nouvelles. Comme on lui a interdit de se fatiguer ou de s'énerver de la moindre façon, et que je suis assez bien pour écrire, je la remplacerai. Je crains que tu ne sois la cause de ses tourments. Ton père et elle se sont écrit. Tous deux semblent effrayés par ce qui risque de t'arriver. Tu sais assez ce que tu représentes pour elle, pour moi aussi, et je viens te supplier de penser un peu à nous. Ce n'est plus à moi de faire la donneuse de conseils, mon intention n'est pas de m'adresser à toi dans ce style mais simplement de plaider notre cause avec mon cœur. Je ne suis pas très habile non plus aux beaux discours. A l'exception de ceux qui m'entourent, tu es le seul être au monde que je puisse encore me permettre d'aimer. Toi qui m'inspires tant de reconnaissance, je te demande seulement de m'écouter. Tu m'a aimée, souviens-t'en. Si je suis malade, la faute en est à des pensées torturantes. Tu dis qu'elle est pétrie de noblesse et de compassion. Bien-aimé, si elle est aussi magnanime, qu'elle en donne la preuve en te tenant à l'écart du mal. On ne doit pas laisser les gens jouer avec le feu comme cela, c'est cruel. Oh, je suis loin du blâme, je ne désire que rester son amie et lui conserver ma reconnaissance, mais il ne faut pas qu'elle te mène à ta ruine. Quel bien pourra jamais advenir de tout cela ? Je suis prête à croire en sa merveilleuse intelligence et en son héroïsme, puisque tu y crois ; ce n'est pas à elle, néanmoins, d'assumer ta place dans le combat. Les gens diront des choses immondes. Est-ce la honte que tu désires lui apporter ? Vous briserez simplement vos vies dès le début. Ce n'est pas à moi d'accuser, je ne me reconnais aucun droit, sinon celui des larmes. Je sais que vous ne serez pas heureux, même si vous vous trouviez libres des deux côtés. Ne la laisse pas tout abandonner. Elle en est capable, j'en suis certaine ; elle est trop courageuse pour se contenter de trahir. Oh ! si tu connaissais ma misère !... moi qui voudrais parfois, quand tout autour de moi me semble brûlant, irrespirable, qui aimerais m'abandonner aux sanglots, et gémir, et battre ma coulpe devant tous ! Moi qui suis encore jeune et n'ignore pas que, pendant de longues années, si je vis, je ne sentirai plus jamais comme autrefois l'innocence sur mon visage. J'aimerais être vieille, un peu gâteuse. J'ai trahi, en pensées et en paroles. Dire que l'écrire ne parvient pas à me tuer ! Les souvenirs font mal, sans plus, quand c'est un châtiment qu'on réclame. A Portsmouth, je ne t'ai jamais parlé de cela. Si tu ne le savais pas, tu le comprends maintenant. Ne vous en étiez-vous pas tous aperçus ? Je me sentais marquée pour avoir triché et menti à un mort. Oui, je méritais de porter cette marque. Oui, quitter son mari est mille fois préférable à la trahison... Seulement c'est toi qu'elle va nous prendre, avec ta vie et tes espérances. C'est impossible, il ne faut pas. Tu vois, je ne voudrais pas répéter des méchancetés, et Dieu sait que mon rôle n'est pas de me mêler des péchés des autres, mais Mme de Rochelaurier (son amie, et la tienne) raconte des choses terribles sur Clara et un M. de Saverny. Grand-mère n'aime plus Clara, c'est vrai, mais ce ne sont pas des inventions à elle, je te l'affirme. Il existerait une correspondance, Mme de Rochelaurier affirme avoir eu des lettres sous les yeux, les lettres les plus brillantes qu'elle ait jamais lues mais qui n'auraient jamais dû être écrites. Cela remonte à deux ou trois ans, c'est M. de Saverny qui les lui a montrées. C'est absolument honteux à lui, comme de les avoir conservées. C'est un homme abject, hélas, nous n'y pouvons rien. Je ne crois pas qu'elle soit coupable, seulement ne lui permets pas de t'arracher à nous. Tu vois bien que ce serait la fin de notre bonheur et de tous nos espoirs. Sans parler du ricanement des gens. Si tu veux être « le défenseur de C. », comme tu l'écris, peux-tu commencer par la jeter au beau milieu d'un scandale ? J'ai le cœur brisé pour toi, aimant notre cousine à la folie, désirant son bonheur et comptant ne jamais lui faire défaut. N'empêche, en dépit de ce que je suis, je crois à l'existence du bien et du mal sur cette terre. On ne doit pas causer de torts si grands. Je ne peux pas me mettre à ta place, mais si je me mets à la sienne, crois-moi, je suis navrée, profondément. Mais écoute : notre mère compte bien un peu pour toi ? Tu es mon seul frère, et, aussi, mon ami le plus cher. Si tu pouvais la voir, la pauvre âme, toujours si tendre, belle et bonne... je sais que tout cela lui fait du mal bien qu'elle le manifeste peu, pourtant elle pleure quand notre grand-mère lui communique des lettres. Il est vrai que nous ne pouvons presque rien pour toi, alors que tu es tellement important pour nous. Si le malheur vient, c'est que c'était écrit : nous n'aurons plus personne, nous ne pourrons plus penser, parler ou regarder en arrière sans regret et sans honte. Nos souvenirs les plus tendres auront des épines, et nous blesseront. Il n'est pas dans notre rôle de nous dresser contre une société qui a vaincu tous ceux qui ont eu le courage de s'opposer à elle. Il existe sûrement quelque part, malgré ce que nous pouvons penser ou dire, et malgré l'injustice apparente et la cruauté de ce monde, une justice et une sagesse. J'ai essayé de m'exprimer de mon mieux. Maintenant il faut que je m'arrête : la tête, la main, les yeux me font mal. La vue de toute cette écriture me tourne le cœur, on dirait que ces lettres noires remontent dans mes yeux et les brûlent. Sois indulgent pour la pauvre lettre de celle qui t'envoie notre amour et qui demeure

Ta sœur tendrement affectionnée

AMICIA CHEYNE

Londres, 19 janvier

J'attendrai tout le temps nécessaire ; seulement, ma bien-aimée, que ce ne soient ni la pitié ni la crainte qui vous retiennent. Le passé est bien mort : mon temps est à moi, avec moi, les jours m'appartiennent, je les tiens aux cheveux. Nos comptes sont faits : ils ont révélé que l'amour l'emportait sur tout. J'aurais aimé vous sacrifier quelque chose dans ma vie, mais n'y ai encore rien découvert. Vous avez été pour moi, indéniablement, un bonheur jamais approché jusque-là. Ton visage s'inscrit sur la page où j'écris, m'obligeant à m'arrêter. Pourquoi m'avoir refusé cette petite breloque de turquoise maintenant cassée, que vous portiez accrochée à votre montre ? Comment se peut-il que les hommes ne viennent pas vous arracher à moi, me permettant enfin de me battre pour vous mériter ? Parce que, une fois que vous vous serez mise entre mes mains, je ne vous laisserai jamais plus repartir. Comment imaginer de vous laisser échapper, après vous avoir contemplée ! J'ai toujours su que je vous obtiendrais un jour ou que je mourrais faute de vous mériter. Vous auriez même pu vous éviter d'avoir été si aussi bonne, votre beauté eût suffi à vous révéler. Tu sais d'ailleurs que je t'ai aimée le premier, des siècles avant toi. Petit garçon, lorsque je t'ai vue, j'ai compris malgré ma sottise que tu étais la meilleure chose du monde. Vous étiez la perfection incarnée dans l'enfance, je me souviens encore de la pureté de vos tempes sous cette délicieuse, innocente, attendrissante coiffure en couronne. Je me demande comment on peut vivre sans miracle de ce genre. Vous, il y a une année encore, vous ne m'accordiez pas la moindre attention — pas la moindre, ô mon amour. Il m'a fallu longtemps jouer les Palomyde aux pieds de cette Iseult ; redoutera-t-elle longtemps encore le vieux roi de Cornouailles ? Comme si nous n'avions pas été créés l'un pour l'autre, et faits pour agir à notre guise ?

Je serai grand, et toi riche
Puisque nous nous aimerons.

Un jour viendra où tu me trouveras une musique pour ces paroles, une musique faite d'une rumeur de fleurs et de teintes mélancoliques, toi qui dois connaître toute la chanson. Notre amour sera si grand qu'il n'apportera que des choses exquises et douces. Vous ne devez pas faire trop attention à ceux qui ne savent pas vous aider. Votre frère est-il jamais intervenu ? D'ailleurs, vous m'appartenez. Dans l'univers entier, nul n'a le droit de vous réclamer, de prétendre maintenant à vous, sauf moi ; qu'on approche lentement, et on verra si je vous laisse partir avec un autre. Pas une fraction de seconde, pas un seul recoin de nos jours qui ne sera un délice. Par quoi prétendraient-ils nous faire remplacer cela, si nous renoncions l'un à l'autre ? Avec le temps vous vous attacherez à moi. Vous dites n'avoir jusqu'ici jamais rencontré l'âme sœur : moi qui suis comblé par toi au-delà de ce que la terre entière peut mériter, imagine-moi jaloux des illusions mortes d'un ancien rêve ! Cette enfant de Ashton Hildred m'envoie de pauvres petites lettres d'une naïveté désespérante au sujet du bien de ceci et du mal de cela — on l'y pousse, elle est entourée d'un réseau de calomnies sordides — prétendant que l'amour est à rejeter sous prétexte qu'il existe des devoirs envers autrui. Elle cite en exemple le pathétique petit repentir et la terreur qui lui sont venus après la mort de son époux, parce qu'elle ne lui avait pas avoué ce marivaudage qui ne connut jamais d'épanouissement. Quelque préférence innocente prenant des airs de gros péché, et transformée en remords. C'est affligeant mais également risible car, emportée par ses sentiments, elle s'autorise à répéter des horreurs, des inventions venimeuses et stupides de vieilles chouettes. Des bavardages abaissants de femmes trop dépourvues d'âme pour en assaisonner leur nourriture. Nous savons d'où ce vent souffle. Si je suis vraiment cet homme digne de vous, et capable de vous apporter le bonheur, peu m'importe d'apprendre qu'avant notre rencontre vous avez cherché recours et amour sans y parvenir. Qu'ils me les montrent seulement, ces lettres destinées à me faire fuir : je les lirai. Jusque-là je compte vous tenir, et que vous me teniez. Je l'avais estimée plus forte qu'elle ne paraît, finalement son esprit est timide, influençable, un peu comme sa rare beauté d'objet précieux et protégé. Je préfère que la beauté physique d'une femme, sa chevelure même, ne dévoilent pas sa nature. Les cheveux de ma sœur ont toujours eu des reflets délicats et changeants. C'est au seuil du mystère, dans la profondeur des douces ténèbres, que doit se tenir la femme, altière, silencieuse, dans la luxuriance d'une toison ombreuse, sacrée, dont la beauté secrète n'a que faire de la dorure des rayons indiscrets du soleil. Je voudrais qu'un artiste essaie de peindre votre chevelure que nulle autre n'égale. Jure-moi que je la reverrai bientôt. J'ai besoin de toi comme un mendiant a besoin de pain, j'ai de ton visage cette soif torturante que connaissent les blessés privés d'eau. Si seulement je portais gravée sur mon corps quelque marque de toi, je pourrais la contempler. Maintenant je ne cesse de m'étonner : bien sûr, personne ne possède ce que je possède, et pourtant le monde continue d'aller. Je me dis parfois que, l'an dernier, ma ravissante petite sœur et votre frère ont été près de croire qu'ils « savaient » (selon l'expression enfantine). On aurait dit une fillette et son amoureux en train de prendre au sérieux l'histoire qu'ils se jouaient. Et c'est nous — les favoris du sort — qui avons gagné le gros lot et saisi la fortune aux cheveux. Les faibles amours ne suffisent pas à faire vivre : notre immense désir et notre joie (foi, confiance, plaisirs infinis) dureront autant que nous. Vous connaissez le nom de celui qui a déclaré que les seules paroles nécessaires aux amants étaient : « *Je t'aime, aime-moi, merci* ». Je ne sais que répéter le dernier de ces mots quand j'écris. Je te remercie du fond de l'âme et de toute ma force, mon amour, pour ta perfection envers moi. Nous irons en France. L'argent se trouvera. Je n'attends qu'un signe de vous. Et je vous adore. Ce sera ma glorieuse bataille avec le monde s'il se mêle de nous. Ayons le courage de notre amour puisque nous savons que c'est la chose suprême. Tout bien pesé, il reste peu à abandonner ou à braver. Moi, je vous obligerai à vous coiffer comme nous l'aimerons. Vos manières d'aller et de venir, la façon que vous avez de vous asseoir, tout cela vient de me faire penser aux colombes de Venise que nous regarderons avant l'été sur la piazza. Vous avez un sosie à San Zanipolo : dans le tableau du Couronnement de la Vierge, une petite tête dans le coin droit, je vous la montrerai. La seule différence est que celle-ci a des boucles dorées, comme ma sœur. Vous étiez encore ainsi lorsque Carpaccio vous prit comme modèle ; en grandissant vous aviez atteint la perfection. Je respire déjà l'exquise odeur de la mer en évoquant notre départ. J'ai même plaisir à signer mon nom maintenant qu'on le rapproche du vôtre. Mon nom fait maintenant partie de vos colifichets, le vôtre est un de mes trésors. Partons avant le printemps. Et aimez-moi le plus fort possible.

REGINALD EDW. HAREWOOD

Ashton Hildred, 30 janvier

Ma chère Clara,

Je me demande encore si la nouvelle que je suis chargée de vous transmettre vous surprendra ou non. Faites cependant appel à votre force d'âme. Amy vient d'enrichir la nation, et d'appauvrir votre frère du même coup, en donnant naissance à un enfant — mâle. En dépit de sa longue maladie et de sa faiblesse, elle nous a donné un nouveau-né très satisfaisant, absolument admirable aux yeux des siens ! Je suis certaine que Frank s'y attendait un peu. Tant que la santé de l'enfant (pardon, je veux dire de la mère, d'Amy) est restée chancelante, il était délicat de faire part de ses espérances. On peut dire que c'était pile ou face. Vous serez heureux d'apprendre, j'en suis sûre, qu'elle est hors de danger. Ces huit mois d'affliction ont été vécus dans une anxiété constante, il y avait de quoi. C'est pourquoi ce poupon nous ravit, autant que peuvent ravir ces êtres ridicules, rougeauds, potelés et bêtas nommés nouveau-nés. Et maintenant nous allons être accablés d'ennuis sans fin, grâce à cette ridicule parcelle de chair duveteuse que ma fille a eu l'audace de déclarer tenir de sa famille paternelle — telle se grise qui accède soudain au titre de grand-mère. Arrière-grand-mère, quant à moi, et le mois prochain, soixante-deux ans. Armande ne me permettra plus jamais d'être sa cadette, bien que je me souvienne encore de ses airs protecteurs envers mon frère et moi, à peine sortis de nos pensionnats respectifs, et elle tout juste débutante — je l'appelais *la dame aux belles cousines* et lui *le petit Jean de* (de quoi déjà ?) *Saintré ?* Mon gendre devra naturellement assumer la charge de tuteur. J'espère que personne n'éprouvera d'amertume : notre cher Frank est un trop parfait chevalier pour reprocher à cet enfant d'être venu au monde. Ce pauvre petit chaton si doux, on aurait pu souhaiter moins de grandeurs pour ses frêles épaules, mais, puisqu'il a choisi de naître, il faudra bien qu'il les accepte. Amy est fort impatiente de le voir baptiser ; ayant depuis peu donné dans la manie religieuse, elle prend cela très au sérieux. Nous comptons en faire un Edmund Reginald, car je tiens absolument à ce que Redgie Harewood vienne dire la promesse rituelle (il sera un si merveilleux garant à l'âge des bêtises) et cela aura une belle résonance sous l'eau lustrale, à moins encore que Frank ne s'offre noblement à partager avec lui le fardeau du parrainage, auquel cas c'est son nom qui s'accouplerait à celui du père. Ne l'ennuyez pas avec cette requête, si vous sentez qu'il préfère se tenir à l'écart, ce n'est pas de congratulation que nous avons soif : nous souhaitons uniquement qu'on ne nous en veuille pas, mais cela nous le désirons bien fort. Si l'on ne m'avait pas fait trébucher par surprise, en m'arrachant une promesse, dans l'office de marraine, je vous aurais implorée de l'être. Puisque le sort en est jeté, tout ce qui concerne les gros péchés et les sermons me sera dévolu. Je compte sur vous pour le prévenir, avec toute la délicatesse possible, d'un événement qui n'est pas sans présenter un côté vexatoire, stupéfiant, abrupt : briser l'avenir de quelqu'un du jour au lendemain et jeter un parent à la porte ne sont pas des plaisanteries. Que faire, pourtant ? L'enfant est là et il nous faut lui donner sa place. Mon gendre, Frederick, s'occupera de tout en tant que tuteur et que grand-père. C'est lui qui informe officiellement Lidcombe par le même courrier. Amy paraît déjà infiniment mieux qu'elle ne l'a été depuis des mois, à peine lasse malgré la soudaineté de l'événement. Il faut voir la paire délicieuse qu'ils forment, elle et son bébé, dans un nid enchevêtré de linge et de cheveux d'or. Amy, avec ses beaux yeux encore cernés de tristesse mais où une joie timide s'allume, brille, chatoie à chaque regard donné à l'enfant, comme s'il était le soleil et, elle, l'eau qui le reflète. De sa part, je me serais attendue à des flots de larmes, en la circonstance ; Dieu merci, elle nous a épargné cette cérémonie. Elle est l'image du frémissant repos qui suit l'impassibilité du malheur, le fardeau des jours sans espoir. Tranquille, naturelle, mais ouverte à la vie et intérieurement animée, j'imagine, elle a perdu jusqu'au souvenir des sentiments et des jours passés. Son enfant et elle sont nés hier de la même naissance, ils n'en savent pas plus l'un que l'autre sur les choses et les gens qui les ont précédés.

Essayez d'humaniser suffisamment votre époux (aux yeux duquel un bébé, qui n'est ni zoologique ni fossile, doit à peine appartenir à la réalité), et amenez-le pour la parade religieuse s'il veut bien y condescendre. Elle lui donnera l'occasion de prendre une note ou deux sur le processus du développement animal par stades, ainsi que sur les origines décidément brumeuses de notre espèce comique, espèce à laquelle ce nouveau exemplaire grassouillet prétend appartenir.

Quant à Reginald, me voici définitivement en mesure d'affirmer que je puis vous en débarrasser pour de bon, si vous et moi sommes toujours du même avis, et prêtes à sauter sur l'occasion de lui extirper sa folie de la tête. Voici le plan que je me propose de suivre ; si vous en possédiez un meilleur, dites-le moi vite avant que je ne distribue les cartes, car je tiens à ce que vous ayez connaissance de toutes les miennes. Cette bonne Armande, décidément pleine d'une exquise compréhension et qui nous connaît bien tous ainsi que nos petits problèmes, se trouve posséder (les cieux, j'espère, savent de quelle façon, moi certainement pas) une collection de lettres appartenant à ce *sémillant* et séduisant monsieur de Saverny fils, lettres que, Dieu soit loué car elles sont ainsi à l'abri, elle m'a remises. Sans être un vantard type, Octave ressemble un peu à cet horrible personnage de *Madame Bovary* — je parle du premier amant — plus le vernis du monde bien entendu, mais le même petit grain de bassesse marque tout l'ensemble de l'homme. Il ne possédera jamais, étant même incapable de l'imaginer, la courtoisie merveilleuse et la noble discrétion des générations passées. Son père avait deux fois plus de charme et la moitié moins de ses prétentions ; cela décline ainsi de père en fils. Vous qui avez connaissance de cette correspondance, vous serez relativement heureuse d'apprendre que vous n'avez plus rien à craindre de lui. Je

172

n'imagine certe pas, ma chère nièce, qu'il y ait là pour vous matière à réjouissance comme on dit, quoique je me refuse à insinuer, même discrètement, la possibilité d'un semblant d'inconvenance dans votre passé. Mais, quand vous avez autorisé Octave à s'engager dans cette voie, vous n'étiez pas encore assez vieille pour jouer à ces jeux, et vous auriez dû savoir ce que de plus bêtes auraient aussitôt compris, le risque que courait votre innocence : chose à mes yeux touchante et tragique. L'intelligence, comme la générosité, prive la jeunesse de la perspicacité des sottes vieilles gens, celle de prévoir le mal et d'anticiper les malentendus qui en découlent. Voici un cas où mon ennuyeuse expérience aurait pu tenir tête à votre brillant emportement. Je n'ai jeté qu'un coup d'œil à ces lettres ; ne seraient-elles pas tombées au préalable sous d'autres yeux, rien n'aurait pu me contraindre à en lire une seule ligne ; seulement, connaissant assez Mᵐᵉ de Rochelaurier pour être certaine qu'elle n'en avait pas manqué un mot, il fallait bien que je garde un atout. J'avais déjà eu assez de mal, vous l'imaginez sans peine, pour les lui arracher ; au point que je m'étonne encore d'y être parvenue, *mais on a ses moyens*. Le peu que j'ai lu a donc suffi à me convaincre qu'une seule de ces missives tomberait comme du gel sur les rhapsodies enfiévrées d'un certain garçon. Avec une petite pilule de cette encre et de ce papier, je ramènerai à la raison, et à une saine vue des choses, la tête de votre adorateur. Je connais le cœur des jeunes hommes. Ils s'accommodent de n'importe quel passé scabreux, à l'exception de ce qui donnerait à leur grande passion l'apparence affadie d'une deuxième ou troisième réimpression de gravure. Ces lettres d'autrefois, ces épreuves restées il y a

173

longtemps aux mains d'Octave, font que votre sentiment (excusez l'expression, mais c'est ainsi qu'il le prendra) est maintenant tombé dans la banalité des grands tirages. Montrez-lui ce que cette vieille connaissance a vraiment représenté pour vous, et il se figera aussitôt. Oh, je sais que votre intention n'était pas de le laisser fondre, puis évaporer à vos pieds en une tendre et poétique rosée de sentiments délicats, et que vous comptiez l'arrêter à temps — à condition de le pouvoir. Quoi qu'il en soit, mieux vaut prévoir une parade. Je crois que sa folie s'est aggravée dernièrement, et qu'il délire au sujet de l'avenir : ces fantaisies vous amusent peut-être, mais on se doit d'y mettre fin. Ceci dit, l'idée de lui mettre les lettres de Saverny sous le nez afin de lui rafraîchir la cervelle me répugne un peu, c'est un procédé dont on préfère se passer ; néanmoins, plutôt que de voir son dérangement cérébral s'affirmer, se transformer en folie manifeste et causer sa ruine, j'en viendrai à l'extrémité de cette médication. Dès qu'il aura avalé mes pilules, je sais qu'il retrouvera son bon sens, et que ses hallucinations d'union libre et de femmes placées au-dessus des lois s'évanouiront. N'empêche, je préférerais de beaucoup ensevelir cet épisode Saverny-Rochelaurier ainsi que tout ce qui s'y rattache, et éviter de me trouver mêlée à cela. On peut faire mieux, mais cela dépend de vous. Vous vous apercevrez qu'il est temps d'agir : imaginons que vous envoyiez tranquillement, de vous-même, à Reginald, la lettre raisonnable destinée à mettre fin à ses divagations. Vous lui défendez de continuer à écrire (puisque nous savons, grâce à la pureté de vos sentiments, qu'il écrit). Mettez la chose sur le compte de votre mari si vous voulez — en vous arrangeant pour que ça ait l'air vraisemblable néanmoins. Soyez catégorique. Dites (à peu près, vous l'exprimerez infiniment mieux que moi) qu'une intimité appelée à éveiller les commérages ne peut être durable. Que vous n'avez ni le droit, ni les motifs, ni le désir, de jouer les Iphigénie sur le bûcher des méchantes rumeurs, à l'amusement de cette pauvre commère qu'est le monde. Dites que vous êtes navrée d'avoir à désillusionner « un fou de sa folie », au risque de le blesser dans son amour-propre, mais que vous refusez d'admettre qu'il ait jamais pu trouver la moindre raison (après tout, je suis persuadée que vous en avez le droit) à sa déraison. En un mot, qu'il est devenu nécessaire, aussi bien pour votre repos que pour celui des autres, de transformer vos relations dans l'immédiat, de préférer l'éloignement à l'intimité jusqu'au jour où, espérons-le, le temps vous permettra de retrouver l'amitié. Cela doit suffire comme canevas. A vous de signifier, ou d'enjoliver à votre choix, ce n'est pas moi qui élèverait la moindre critique. Seulement soyez catégorique, ne laissez aucune place à la résistance ou à la réplique, qu'il accepte sur l'heure et pour toujours ; moi, je m'inclinerai et n'ouvrirai jamais la bouche, il ne saura que ce que vous aurez voulu lui en dire. Cette vieille correspondance ne reverra pas la lumière. Dans le cas où vous éprouveriez de la répugnance à agir ainsi — l'essentiel, vous le voyez bien, étant de faire tourner bride à ce garçon — les lettres seraient employées *faute de mieux*. Le plan que je suggère n'est-il pas infiniment plus gracieux ?

Il est attristant de penser que, pour mettre fin à cette folie, il va falloir renoncer à des relations charmantes et à de vieilles habitudes d'intimité. Oh, je suis en mesure de comprendre la sorte de regrets dont s'accompagnent de telles ruptures. Moi-même, si je ne m'étais pas trouvée être sa mère-grand, comment aurais-je pu résister aux charmes de notre ami ? Pour m'en consoler et me venger des lois humaines, j'écrirai un jour un roman à faire pâlir M. Feydeau. Imaginez les effets qu'on pourrait tirer de ce sujet attendrissant... Une grand-mère coquette, après un bref et délicieux moment d'adorables marivaudages et d'amours de papillons — *volupté suprême et touchante où les rides se fondent sous les baisers et les lois s'effacent sous les larmes*, etc., etc. — comprend que son héros lui échappe. Cette vénérable dame, ainsi contrainte à abandonner son *jeune premier*, décide non sans mélancolie de le passer à une parente, une tante peut-être ? Il s'ensuit une intrigue pathétique. Elle commence (sans amour) par séduire son gendre afin de laisser le terrain libre au petit-fils volage et, le cœur broyé par le sacrifice, prépare sa fille à accepter l'hommage du neveu. Ses efforts couronnés de succès par le bonheur des jeunes gens et l'assentiment de l'oncle, elle prend de l'arsenic, ou bien elle est emportée par une congestion cérébrale, bénissant les chères têtes et versant les saintes larmes du sacrifice sur la tombe de son propre amour. Ma parole, quel sujet entre les mains d'un grand romancier de l'école réaliste ! Je vois enfin, mais trop tardivement, quelle était ma vocation.

Sérieusement, vous me voyez navrée de cette conclusion. Moi qui étais si heureuse, l'an dernier, de pouvoir vous demander l'indulgence en faveur de Reginald, je m'aperçois maintenant que votre générosité a eu pour résultat de vous faire supporter ses bêtises. Si vous ressentez de la tristesse à voir où les choses en sont venues, ma tendresse et ma gratitude vous sont acquises. Je n'ai ni le goût, ni le droit de vous adresser des reproches, nul n'en a le droit et personne ne devrait en avoir le cœur. Vous connaissez l'horreur que m'a inspirée toute ma vie le modèle, mâle ou femelle, des vertus britanniques, ainsi que mon absence de foi en ce qui concerne les vertus protectrices du foyer. Il n'existe aucune protection contre le naturel de l'amour, et le moment de payer arrive toujours au bout du compte, et pour tous ; nous ne nous appartenons pas : nos joies, nos consolations sont simplement tolérées. Les choses demeurent invariables en un seul point, celui de la séparation et du déclin. La fin raisonnable d'un attachement m'a souvent semblé plus pénible que les ruptures orageuses de la passion. *Chi sa ?* Du moins ai-je toujours su lequel des deux avait ma préférence. Quelle tristesse, mes pauvres chéris, de penser que vous n'aurez jamais eu les coudées franches, ni la possibilité d'un peu de bonheur. Lui, lorsqu'il sera revenu de ses divagations passionnées, pleurera son amie à l'esprit ferme et gracieux, sa compagnie exquise. De votre côté, je l'espère pour lui, vous regretterez peut-être un peu sa présence, ses manières ardentes, le feu et la ferveur de sa jeunesse et de sa nature... peut-être même un peu son visage et ses boucles, *ce sont là des choses qui ne gâtent jamais rien* ; sait-on bien où cela finit et où cela commence, l'attrait ? Moi aussi, il m'est arrivé d'être reine, puis de me trouver soudain dépouillée. Vois-tu, mon enfant, les fleurs (les herbes aussi) repoussent vite sur les tombes. La seule certitude est celle de l'oubli. Il n'est pas sans douceur d'apprendre qu'en vieillissant on ne se souviendra pas toujours. Le fil des jours sera tissé sans nous, puisque nous n'appartenons pas au conseil des Parques. Un

177

certain jour nous écartera du train de la vie, ne laissant plus rien à désirer, ni à déplorer. Sachons nous le rappeler lorsque les souvenirs blessent. Je n'ai pas fait beaucoup de mal dans ma vie (ni de bien peut-être), du moins j'aime à le croire ; mais je détesterais en garder le souvenir à jamais.

Lorsqu'a paru il y a environ dix-huit mois cette délicieuse mélodie composée sur « l'Amour et l'Age », je vous ai fait remarquer des vers que toute ma vie j'ai aimés à en pleurer, et le plus noble, le plus bel exemple de langage poétique viril qui, à mon humble avis, ait été produit en cette époque de mécanisation turbulente — d'ailleurs bien éloignée de vous. Votre génération a perdu le secret d'un langage aussi clair et pur, de mots d'une telle transparence, de sentiments aussi mesurés. Depuis le jour où je l'ai lu, les cadences du début et de la fin de ce fragment reviennent perpétuellement à mes oreilles comme le bruit du ressac sur les galets, comme les marées du temps sur la grève. Je n'avais jamais convoité le don poétique jusqu'à cette découverte, dans « Gryll Grange », œuvre exquise et profonde, grâce à l'exquise absence de ce qu'il ne faut pas, et la présence de ce qui est nécessaire — l'équilibre entre le nombre des mots et la pensée, la pensée mesurée selon la matière. Nous n'aurons rien laissé de meilleur à la postérité. On a dit là, de l'amour, du passage du temps et du reste, dans une alchimie incomparable, la totalité de ce que nous aurons pu raisonnablement espérer d'exprimer. Car il est nécessaire que les choses s'écoulent, elles ne sont pas faites pour durer, sous peine de corruption, et mieux vaut faciliter leur fuite. Le plus sage, ensuite, c'est d'oublier.

Triste fin de chapitre, dénouement sans couleur ;

mais vous voyez bien qu'il n'arrive jamais rien de désastreux. Cette romance de jeune fille s'est terminée en queue de poisson : cela vous éclairera peut-être sur la pénétration du regard balzacien, implacable, dans ces drames inachevés. La réflexion morale de Balzac n'est jamais étroite, ses raisonnements sont inégalables parce qu'ils sont bâtis sur le réel, il durera plus longtemps que bien des penseurs grâce à sa façon de s'appuyer sur des faits. Pour récapituler les événements de l'année, nous pouvons déclarer en toute honnêteté : *le dénouement, c'est qu'il n'y a pas de dénouement.* C'est d'ailleurs ce que j'avais prophétisé à l'époque, lorsqu'une espèce d'atmosphère romanesque menaçait de s'installer dans la famille. Je l'avais dit à Amy : l'aboutissement de ce genre de choses est justement de n'aboutir à rien. Certes, les raisons d'un joli scandale se trouvaient réunies, d'un parfait *roman de mœurs, intime et tant soit peu scabreux.* Amy et votre frère, vous vous en souvenez sans doute, donnaient l'impression d'être « touchés », l'attrait s'alourdissait d'émotion, leur façon de jouer aux cousins versait dans un excès de sensiblerie. De son côté, Redgie, brûlant de braver les conventions et d'obtenir le droit à la passion, était à mille lieues de se mettre un enlèvement sur les bras... *Jolis ménages !* aurait pu dire un observateur superficiel, dans la méconnaissance de ce qui a établi la réputation des femmes d'Angleterre. Car nous voici arrivés sans grand dommage au dernier épisode. Vous vous en tirez, vous en épouse, elle en mère, modèles ; vous avez su vous débarrasser des soins d'un soupirant, elle se charge de l'éducation d'un enfant. On peut dire, faisant abstraction de ce navrant coup du sort dans lequel nous n'avons joué aucun rôle, que nous

179

sommes quasiment revenues au point de départ. N'était la mort accidentelle de ce pauvre Edmund (que je suis assez fataliste pour croire inéluctable), rien ne se serait passé. Pas un événement, pas même une anecdote : maigre récolte pour un romancier français. Félicitons-nous au contraire de ne pas être les sujets d'une intrigue mais des habitants du Royaume-Uni, fiers de vivre selon les lumières de l'opinion et sous les lois des mœurs britanniques.

Transmettez sans faute à Frank l'expression de mon affection et nos excuses en notre nom à tous. Qu'il ne tarde pas trop à m'écrire. Pour vous je le répète en toute sincérité : agissez comme vous le souhaitez ou croyez sage de le faire, et continuez à me croire pour toujours

Votre tante affectionnée

HELENA MIDHURST

Lidcombe, 15 février

Chère tante Helena,

Dès demain je serai parti pour Blocksham, où je compte passer une quinzaine de jours. Vous avez raison, il est préférable de m'éloigner sans avoir eu le plaisir de revoir Amicia. Dites-lui, je vous prie, combien je suis heureux pour elle, et que j'aurais seulement souhaité être mis au courant plus tôt de circonstances qui m'auraient évité un épisode particulièrement pénible. Quant à nous revoir, je n'en serai que trop heureux lorsque cela lui conviendra ; jusque-là, mon bonheur sera d'apprendre qu'elle se porte bien. Ce changement de position, dont je me félicite sincèrement, n'aura pour moi qu'un défaut, celui de ne pas m'avoir permis d'agir de mon propre chef. J'espère que, de retour chez elle, elle se remettra plus rapidement encore. Je n'aurai pas la naïveté d'essayer de vous cacher que son bien-être compte pour moi plus que tout le reste. La savoir heureuse suffira à ma vie. J'espère être capable d'assumer une profession, je m'y efforcerai ; quoi qu'il advienne néanmoins, je suis sincèrement soulagé d'échapper à un titre et à un héritage qui ne m'auraient jamais apporté de joie véritable.

Mais il existe un autre sujet à notre gratitude. J'ai vu ma sœur depuis qu'elle a reçu de vous une lettre dont elle m'a communiqué des extraits. La voici probablement à l'abri des alarmes. Mon beau-frère est demeuré dans l'ignorance de tout. Elle a écrit à Reginald, je crois ; elle paraissait en effet très irritée, mais faisait de son mieux pour le cacher. Si son foyer lui apparaît un jour comme un désert, ce n'est pas moi qui en serai surpris : elle ne peut y trouver ni encouragement ni appui. Bien que le temps des duels soit révolu, si M. de Saverny ou n'importe quel individu ose se targuer d'avoir reçu des marques de l'amitié innocente de ma sœur, personne ne me blâmera, je pense, et ne s'étonnera si je demande raison à cet homme. Je me contente de déclarer pour l'instant que, s'il se permet d'ennuyer Clara, et seulement d'ouvrir la bouche au sujet de lettres écrites lorsqu'elle était trop jeune et trop généreuse pour imaginer la bassesse et la grossièreté, je ferai en sorte qu'il ne puisse plus marcher la tête haute, ni continuer à passer pour un homme d'honneur. A partir d'aujourd'hui, quiconque osera dire ou écrire des niaiseries à ce sujet aura à me répondre de ses actes. Il ne m'appartient pas d'exprimer une opinion sur ce qu'elle a pu désirer ou regretter. Elle n'a à répondre aux questions de personne. J'affirme seulement que nul n'a le droit de penser, ou de parler d'elle, autrement qu'avec respect et honneur — et je désire qu'on sache que je suis prêt à la défendre.

Je crois que l'éloignement de R.H. l'a soulagée ; elle admet avec franchise que la tragédie et les émotions de cet été ont donné à un tiers l'occasion de connaître trop intimement la tristesse de son ménage, et que, de son côté à elle, sans tenir compte de la situation, elle a trop vite succombé au désir d'amitié et de compagnie. Mais, comme elle dit, bien peu d'hommes de son âge auraient eu la délicatesse de sentiments et la noblesse de tout comprendre sans essayer d'en tirer avantage. La simplicité avec laquelle elle parle de cela ferait honte à ceux qui ont pu avoir des doutes sur une nature aussi élevée et aussi fine. Il me reste à vous remercier d'une entremise grâce à laquelle nous sommes quittes de cette affaire, elle et moi, sans l'éclat d'une querelle. Je m'en voudrais de vous remercier d'avoir simplement rendu justice à ma sœur. S'il a vraiment été question de ces dangereuses calomnies, j'espère, et je suis prêt à croire, que c'est terminé à jamais. J'accepte pour l'instant de laisser cela entre vos mains et les siennes, mais je tiens à ce qu'on me sache à la disposition immédiate de ma sœur, si elle se trouvait avoir besoin d'aide, ou d'un défenseur. Et maintenant, ma chère tante, en vous demandant d'accepter l'expression de notre affection à tous deux, je demeure votre neveu dévoué

FR. CHEYNE

Lidcombe, 25 février

Ma chère petite,

A tout seigneur tout honneur : commence par
saluer ton petit bonhomme de ma part ; ceci fait,
écoute mes nouvelles. En deux journées, ton père et
moi nous sommes mis au courant de ce que vont être
nos tâches. Je ne te consulterai pas pour les affaires de
régence, Mme la Baronne. Quand l'héritier sera grand
garçon, tu pourras prendre les rênes en main
toi-même. D'ici là, nous comptons vous tenir tous les
deux en tutelle afin de nous engraisser à vos dépens :
si tu ne trouves pas de trous dans le grand fromage de
Lidcombe, lorsque tu commenceras d'y tailler des
tranches, ce sera uniquement la faute de nos vieilles
dents. Voici ton sort réglé, ainsi que celui de ton
diablotin ; mais passons à ce qui t'intéresse, aux
nouvelles de nos cousins. J'ai fait une visite à
Blocksham et vu les Radworth en chair et en os, ou
plus exactement en os et en cosmétiques, le mâle
n'ayant plus que la peau et les os, et la femelle étant
peinte comme un tableau. Le pauvre homme aurait
bien besoin d'un embaumeur, tout comme la malheu-

reuse femme réclame les soins d'un émailleur. Les choses ont l'air d'aller convenablement entre eux de nouveau. Elle paraît totalement « aplatie », comme elle pourrait dire, calmée, amère mais résignée. Les hostilités paraissent terminées. Elle, qui m'écorcherait vivante si elle le pouvait, m'a reçue en souriant de toutes ses dents et avec une douce pression du bout de ses doigts secs. En toute franchise, sans réserve. Elle a manifestement mis son frère sous sa coupe. Frank m'a plu : par sa courtoisie, sa réserve, son manque d'affectation, sans dissimulation visible ou cachée. Je lui ai donné suffisamment de détails, et il m'en a été reconnaissant ; personne n'aurait pu accepter de meilleure grâce ce renversement de position dans des circonstances aussi pénibles. Notre entretien n'a pas été long et il nous tardait de repartir. Cette maison respire maintenant la tristesse, et pour longtemps sans doute. Clara, je n'en doute pas, va s'organiser à merveille pour faire porter à son mari le poids de sa défaite. Je ne la vois guère se lançant dans une nouvelle aventure, si bien qu'il serait peut-être charitable de lui jeter une petite proie sans consé-quence pour qu'elle s'entretienne les griffes. Je ne serais pas autrement surprise si elle tombe dans la bienfaisance ou la dévotion, par besoin de stimulants. *Le bureau d'amourettes* a fait faillite, vois-tu ; la boutique à émotions est bien close. Je la vois tournant à l'épouse classique d'obédience anglicane : parfaite, peu commode, regardante, sèche et active. Quelque Mission à brève échéance, en faveur des petits Chinois ou des pauvres noirs avec, qui sait, un léger assaisonnement religieux, et la tiédeur des amitiés platoniques pour pimenter le goût et faire lever la pâte morte de l'existence. Son chemin semble tout tracé

185

pour la prochaine centaine d'années. C'est dommage qu'elle n'ait pas été plus douée.

Je me suis également rendue à Plessey afin de contempler l'autre moitié de mon ouvrage. Le capitaine H. m'a reçue avec une amabilité qui vous aurait tous stupéfaits. Le cher homme semble avoir eu le bon esprit de comprendre que, sans mes bons offices, son fils serait maintenant Dieu sait sur quelle galère, enfoncé jusqu'aux oreilles dans un scandale dont rien ni personne ne serait jamais parvenu à le blanchir complètement. Une paix armée s'est établie entre le père et le fils, situation explosive, mais préférable à la lutte à mort. Je me suis simplement montrée parfaite, lui demandant quels étaient ses projets concernant notre garçon — la façon dont il nous conseillait d'agir ; j'ai acquiescé, consenti, suggéré et admis : enfin, un modèle de vertu. C'est un fait : même à présent, il continue à croire que Redgie est du bois dont on fait les hommes d'église et que, proprement trituré, assoupli, mis à la forme, on parviendrait à le faire entrer dans un surplis...

Note bien, je respecte, je savoure même toujours un parfait exemplaire sorti de la manufacture cléricale ; aucun métier ne produit de meilleurs interlocuteurs : à cheval entre les artistes et les diplomates, à mes yeux ils sont charmants. Et puis, il règne autour de chacun d'entre eux un peu de mystère, une réserve de bon aloi, une attitude professionnelle qui les teinte, un rien qui (sans oblitérer leur style personnel) concourt délicieusement à l'ensemble sans leur nuire. Un clergyman également homme du monde, qui n'évoque pas les enterrements, on ne peut rien trouver de plus achevé comme compagnie. Mais notre Redgie ! Même dans l'avenir le plus problématique — même passé par le creuset du temps —, peux-tu l'imaginer métamorphosé de la sorte ? Je n'ai pas bronché, je suis parvenue à retenir le faible souffle d'une demi-protestation. Je reconnus que l'avenir contenait des signes encourageants, qu'il y avait bon espoir. Ceci toucha la fibre paternelle et son attitude se réchauffa notablement. Le pauvre homme, j'en jurerais, a dû penser qu'il m'avait montré trop de dureté autrefois, que son aigreur lui avait fait voir des montagnes à la place de mes taupinières ; qu'il avait, après tout, des choses à se faire pardonner. Vers la fin de l'entretien il était vraiment en confiance. Ma chérie, tu n'as pas idée du flot confus, informe, des souvenances qui se levèrent étrangement du passé, à me retrouver ainsi avec lui sur un pied d'intimité, en train d'échanger en toute amitié réflexions et projets ! Depuis des années, je n'avais rien connu de tel. Bien avant qu'aucun de vous ne soit né, il y a des siècles de cela, avant même qu'il ait épousé ta mère, du temps qu'il était jeune, pauvre, tout feu et tout flamme, stupide et charmant (quand le siècle et moi avions trente ans, et lui vingt), nous nous entretenions de la sorte. Je n'aurais pas été autrement surprise de retrouver mes six ans, ma boîte à jouets, ou encore de voir entrer mes petits frères pour une partie de cache-cache. Cette confrontation était tellement bizarre que rien n'aurait réussi à nous étonner ensuite. Quoi qu'il en soit, il n'y eut aucun déploiement sentimental de part et d'autre, bien qu'il soit difficile d'imaginer de fin plus inattendue à une vieille histoire. Qui me dira jamais pourquoi je lui ai fait épouser, ou permis d'épouser ta mère ?

Acceptant également de bonne grâce la conversation confidentielle que je réclamais avec Redgie afin de reprendre ce dernier en main, il le fit chercher, et alla jusqu'à sourire en nous mettant en présence. Quant au garçon, je ne l'avais jamais vu d'humeur aussi bénigne, même du temps de ses vacances d'écolier — époque comme effacée par des émotions bien plus anciennes. Oui, tout à coup, c'était 1852, un Redgie collégien honteux et confus qu'il me fallait remettre au pas ! « J'ai entendu dire que Clara s'est admirablement conduite, déclarai-je, mais j'aurais besoin de quelques précisions. » Son attitude montrait clairement qu'il avait reçu son congé, mais comment, voilà ce que je mourais d'envie de savoir. Je crois être parvenue à me faire une idée de la façon dont elle s'y est prise. Ça a été clair, et net. Sans suivre pour autant mes suggestions (je n'avais jamais pensé d'ailleurs qu'elle en eût besoin, ou consentît à les utiliser), elle a simplement pris le ton résolu du sacrifice. Elle lui interdit de répondre, refuse de le lire si par hasard il écrivait, annonce qu'il n'aura plus une ligne d'elle, même si elle le lisait, et jure ne pas le revoir avant la fin de cette crise. Il semble qu'elle ne cherche pas à nier avoir un instant perdu pied sous la violence de l'attaque — pied que fort heureusement elle a maintenant repris ! Elle parviendrait à faire avaler n'importe quoi à n'importe qui : personnellement, mon enfant, je doute qu'elle ait jamais envisagé de rompre les ponts et de se faire enlever ; ce n'est pas dans son caractère, mais sait-on jamais ? Si oui, en tout cas, c'est terminé. En toute franchise, je crois qu'à de certains moments un semblant de sentiment s'est trouvé mêlé à l'intrigue amoureuse, et qu'elle était prête à faire pour Redgie des choses qu'un homme de dix ans plus âgé, ou légèrement moins séduisant, ne lui aurait jamais inspirées ; qu'en effet elle l'aimait. Elle est bien capable de succomber à la seule beauté :

si elle prend un amant véritable, parions qu'il sera ravissant et stupide. Le châtiment suprême des amours platoniques, la Némésis du plaisir sentimental, le petit obstacle qui fait trébucher les belles imprudentes est là. Un gémissement curieux faisait vibrer sa lettre : elle l'aimait assez pour regretter de ne pas l'aimer suffisamment pour se battre et le garder. J'ignore la teneur et la substance de son argumentation, mais je les devine. En bref, grâce à elle, adieu au premier amour. Il reconnaît sa propre sottise, je n'ai pas insisté pour savoir s'il reconnaissait la sienne à elle. Elle a probablement fait appel à son honneur, tout en s'en tirant noblement. J'imagine aussi qu'il a compris dans quelles difficultés il allait la mettre s'il insistait, refusait de pardonner et de rester en bons termes. Tu vois, en flattant son côté chevaleresque de cette façon, elle a su le faire taire, le maintenir pieds et mains liés. Bref, tout est bien mort, et enterré, à l'abri même des pilleurs de sépultures ; on n'y trouverait pas même assez d'ossature pour une leçon d'anatomie psychologique. Le plus atteint par ce deuil, bien qu'il l'ignore, devrait être Ernest Radworth. Imagine les épines que ce plus infortuné des époux va maintenant trouver dans sa couche, le licol qu'on lui a passé, la mort aux rats qui assaisonnera les mets qu'une femme fidèle aura maintenant loisir de lui mijoter... Il y a de quoi pleurer.

Redgie, extrêmement loyal envers Clara, s'est refusé aux explications comme aux reproches.

« Voyez-vous, Grand-mère, m'a-t-il dit, j'accepte le mot, comme la lettre, n'ayant ni raison ni envie de chercher ou de fouiner pour savoir ce qu'il pourrait y avoir derrière sa décision. J'ai cru un moment, c'est vrai, que nous avions le droit de tout nous demander et de tout nous dire, lorsqu'elle semblait tenir à moi. Ce serait ignoble d'exiger des explications. Elle a changé. Elle avait plus que le droit de réfléchir et d'agir à son gré : ce que j'ai de mieux à faire, c'est de la laisser tranquille et de ne plus me trouver sur son chemin. »

Bien entendu, il évoque ces événements comme une très ancienne affaire, consumée depuis des siècles, contemplée avec la sérénité que donnent les années à une vieille tendresse. Parfait, n'en parlons plus, tout est pour le mieux dans le meilleur des mondes — seulement, le mois dernier encore, je sais pertinemment qu'il lui écrivait des lettres brûlantes et folles. Espérons qu'elle aura le bon esprit de les détruire. De sa main, je crois qu'elle a eu le bon sens de n'écrire que brièvement, ou d'une façon impersonnelle, sauf une fois, à l'exception du dernier chef-d'œuvre. Ainsi s'achève notre petite comédie, sans fracas, et le rideau se referme en douceur. Le mélodrame aura été évité, grâce au Ciel, bien qu'il ait un instant menacé.

Redgie, inutile de le dire, sait qu'il n'aimera plus jamais. Oh ! il ne va pas jusqu'à le proclamer, ayant trop de finesse pour cela, mais c'est facile à voir. Quelqu'un est allé parler de Philomène de Rochelaurier au capitaine Harewood : Clara elle-même peut-être ; pour autant que je sache, elle serait assez fine mouche pour lui avoir mis cette idée en tête alors que la répétition de la vraie pièce était en cours. Mais il n'en sortira rien : c'est moi qui vais reconquérir mon garçon afin de le tenir en main jusqu'au jour où je découvrirai la femme capable de le prendre en charge. Sérieusement, je pense qu'il en sortira du bon. Il a des amis dévoués. Ce jeune Audley me plaît beaucoup, et sa foi en Redgie est assez extraordinaire, déraisonnable peut-être... La mienne aussi, après tout. Laissons-lui l'initiative : qu'il finisse par se trouver, et l'on verra de quoi il est capable.

Pour en revenir aux projets matrimoniaux, je me suis demandé ces derniers temps si ce ne serait pas une bonne idée de laisser Armande manœuvrer à sa guise pour unir sa fille à Frank, s'ils sont tous d'accord. Ça fait un peu Louis XV de *bâcler* un mariage de la sorte, mais pourquoi pas ? Il faudra bien qu'il se marie un jour. Je n'ai aucune idée de la carrière qu'il pourrait choisir, il serait sage qu'il y pense. J'aurais désiré lui donner la régie des domaines — responsabilité, surveillance — mais il y a des inconvénients. C'est une belle situation, facilement transformable en sinécure, ou « demi-cure », avec de bons employés et des hommes de métier sous ses ordres ; pas mal du tout pour un *cadet de famille* (et qui a souvent été ainsi octroyé à vie dans le passé). Nous lui devons certainement quelque chose ; toutefois, rien ne presse. T'avouerai-je que, si tu avais mis au monde une fille, j'aurais envisagé de vous réunir dans un proche avenir ? Marier l'héritier en titre à la veuve de son prédécesseur, cela n'aurait pas manqué de faire ouvrir de grands yeux à nos amis, et de délier les langues. Il est préférable que les choses soient ce qu'elles sont.

POSTFACE DE SWINBURNE
(POUR L'ÉDITION DE 1905)

Au printemps de 1849 lord Cheyne était encore fort actif, comme le savent tous ceux qui s'intéressent et s'intéresseront à l'histoire des réformes sociales. (Pendant les neuf années qui lui restaient à vivre ce grand philanthrope allait enrichir son pays d'un nombre incalculable de bains publics, d'instituts de tous poils, de bibliothèques populaires, d'écoles variées, de cent organismes charitables, témoignant ainsi de son zèle à améliorer le sort de l'humanité.) Son fils et héritier Edmund venait d'atteindre dix-neuf ans. Elevé dans le sein de la philanthropie et nourri du lait de toutes les vertus sans en omettre une seule, il se montrait, en tout point, digne d'un tel père.

Il faut avouer que pour des âmes moins élevées, la société de lord Cheyne était redoutée comme la peste. La conversation de cet excellent homme parcourait tour à tour le champ immense des réformes, de l'émancipation, des engrais, du droit au vote, de l'obligation civique, sans oublier l'industrialisation, l'alimentation frelatée, l'agriculture, les égouts, la betterave sucrière et l'élévation de la moralité. Lorsque le visiteur épuisé se tournait vers le fils avec l'espoir d'un répit, Edmund Cheyne était capable de l'entretenir des heures durant (son désir du bien ayant pris un tour légèrement différent de celui de son père : c'était un socialiste, un Démocrate avancé), du divorce, des questions religieuses, du panthéisme, du socialisme (chrétien ou à l'état pur). Education, équilibre social, devoirs réciproques, mission de l'homme, responsabilité des classes dirigeantes, progrès, étape de la foi, sens de l'époque, régénération du clergé, réforme des criminels ainsi que de la condition féminine... tout y passait. Quoi qu'il en soit,

Lidcombe — demeure ancestrale des Cheyne — aurait pu être plus vivante qu'elle n'était.

L'aride vertu de ces seigneurs ne s'étendait pas à la famille tout entière. John Cheyne, cadet du noble bienfaiteur, avait mené joyeuse vie pendant des années. Ce fut l'un des plus beaux cavaliers de son temps. Né pendant la Régence, il sut s'accommoder de cette époque finissante et en apprécier la saveur, sans aller jusqu'à l'amertume de l'écorce. Bien marié, (juste à temps d'ailleurs, ayant vers quarante ans presque dissipé l'héritage de sa mère) la dot de sa femme le remit à flot. Jolie, vive, spirituelle et d'un tempérament heureux, Mlle Banks lui donna une fille, Clara, en 1836, un fils Francis en 1840, puis elle mit le comble à ses bienfaits en quittant ce monde en 1841.

Si l'on se reporte à l'annuaire de la noblesse de 1849, voici le troisième nom des membres vivants de la famille Cheyne :

« Helena, née en 1800, mariée en 1819 à Sir Thomas Midhurst, baronet, décédé, mère d'Amicia, née en 1820, mariée en mai 1838 au capitaine Philip Harewood. Le 7 avril 1840 naquit Reginald Edward de cette union qui fut dissoute par un acte du Parlement en 1840. »

(Ajoutons que l'année même de son divorce Mme Harewood épousait en secondes noces M. Frederick Stanford, seigneur d'Ashton Hildred et autres lieux dans le Bucking-Hamshire, auquel, dès 1841 elle donna une fille. Selon le désir exprimé par le père, cette enfant reçut également le prénom d'Amicia. C'est cette nouvelle Amicia qui est devenue lady Cheyne en épousant, dix mois après la disparition du vieux lord, si vivement ressentie par celui-ci, son fils Edmund.)

Lady Midhurst, déjà veuve à l'époque du procès en divorce, prit passionnément le parti de sa fille. Son premier gendre, Harewood, devint sa bête noire favorite. Avec Frederick Stanford au contraire, les années ont passé sans altérer les sentiments nés d'une longue cohabitation. Lady Midhurst, installée comme c'est le privilège de l'âge chez ses enfants, régente, discrètement et avec une efficacité tranquille, cet heureux foyer.

Les deux Amicia, sa fille et sa petite-fille, de rares beautés douées d'une séduction très personnelle, avaient hérité les traits et la prestance de cette superbe femme. Le teint clair, avec un visage d'une grande pureté sous une abondante chevelure blanche (devenue de cette nuance du jour au lendemain lorsqu'elle fut entrée dans sa soixantième année), elle offrait l'image parfaite de

194

la grande dame. Les gens adoraient l'entendre, et elle ne leur refusait pas ce plaisir. A une certaine époque de sa vie, avoua-t-elle une fois, sa conversation brillante et ses sarcasmes aigus lui avaient valu quelques mésaventures... mais étant parvenue à surmonter ce petit travers, on la tenait depuis la cinquantaine pour une femme exquise.

Les deux enfants de John Cheyne n'eurent pas la joie de bénéficier, autant que les petits-enfants de cette dame, ou même de son autre neveu, l'héritier politico-philanthropique de lord Cheyne, de la présence et des soins de lady Midhurst. Ils furent élevés dans le calme, Clara par une gouvernante qui la prit en main dès l'enfance, Frank sous le regard indulgent et peu curieux d'un père indolent qui s'efforça, à ses heures perdues, de faire entrer un peu de mauvais latin dans la tête de son fils, poussé par la crainte confuse de ne pas le voir accepté à Eton, dès qu'il serait possible de l'y expédier. Lord Cheyne, de temps à autre, venait chez son frère ou recevait chez lui la famille de ce dernier, mais ces échanges étaient peu fréquents, les enfants, comme il fallait s'y attendre, se montrant incapables d'apprécier l'esprit élevé de l'excellent homme et sa passion du progrès social. Leur père ne prenait guère plus de plaisir qu'eux à sa présence. Un être pourtant, un enfant même, éveillait chez John Cheyne une horreur encore plus profonde que celle inspirée par son propre frère, et ce n'était autre que le fils de ce frère. Quand Edmund venait par hasard séjourner chez son oncle, c'est tout juste s'il l'accueillait décemment. Un observateur plus attentif ou plus imaginatif que John Cheyne aurait deviné l'inclination naissante de son neveu pour sa fille. La galanterie timide, très fin de race, du jeune et doux philanthrope plut à Clara qui, très vite, donna des signes d'une perspicacité étonnante. A treize ans elle était capable de commander et de se faire obéir, et son père devait déjà compter avec elle. Néanmoins, elle ne parvint jamais à lui rendre son neveu supportable, et ne put qu'employer la froideur paternelle à mieux mettre en valeur sa gentillesse enfantine.

Physiquement, à cette époque, Frank était un joli garçon de taille moyenne, aux cheveux blonds, aux yeux gris, d'un abord plaisant et tranquille. Sa sœur, plus élancée, brune, mince, aux traits nets, possédait des manières décidées et légèrement distantes. Ils avaient peu d'amis, leur père ne recevant guère. Le capitaine Harewood, ancien intime de John Cheyne, prenait maintenant rarement la peine de se faire mener chez lui. Non qu'il éprouvât de la froideur à l'égard de l'oncle d'une épouse volage, mais devenu un peu ermite il ne recherchait plus que la compagnie de quelques frères d'armes de son acabit, et même, étant dernièrement tombé dans une dévotion acide et chagrine, de quelques hommes d'église. Lady Midhurst, on a le regret de le dire, affirmait que, sous prétexte d'austérité et de réclusion, il s'adonnait à la volupté de torturer son fils infortuné et tous ceux qui avaient la malchance de se trouver sous ses ordres. « Cet homme a toujours été un de ces affreux personnages aimant à faire souffrir... à l'armée il était renommé pour sa cruauté... c'est la nature la plus méchante et perverse qu'il m'ait été donné de rencontrer... ». Rien n'était plus éloigné de la vérité en ce qui concerne l'infortuné capitaine. C'était un homme aigri, mélancolique et pesant, timide, sévère, son dégoût de la société était sincère. Peut-être tirait-il quelques joies de sa morosité, et un secret plaisir à traiter aussi impitoyablement son propre fils en châtiant un sang qu'il avait aimé ?

Ce camarade de jeu possible ainsi écarté de l'enfance des jeunes Cheyne, leur seul compagnon fut Ernest Redworth, fils d'un autre voisin, le propriétaire de Blocksham. Ce grand gros garçon de seize ans, assez lourdaud, également solitaire, avait fait montre très jeune d'un goût et d'une aptitude inexplicables pour les sciences abstraites et les problèmes de mécanique. Il trouva le moyen de s'instruire au collège — en dépit de ses maîtres et du mépris de ses condisciples — en se tenant fermement à l'écart de l'enseignement dispensé et en étudiant sans jamais de trêves. Malgré ses connaissances et sa fantastique faculté d'assimilation, il n'était pas d'une fréquentation très distrayante, sa pesanteur et sa lenteur n'attiraient guère la sympathie. Le cerveau et les nerfs déjà surmenés, il s'était à demi ruiné la vue. Ses seules distractions consistaient à se rendre chez les Cheyne où il avait adopté vis-à-vis de Clara (qui en faisait peu de cas), l'attitude embarrassée d'un admirateur éperdu. Le frère et la sœur l'avaient rapidement classé dans la catégorie des pédants et des ennuyeux.

La fille de M. et de Mᵐᵉ Stanford, Amicia (demi-sœur du jeune Harewood) bénéficia dès sa naissance de ces rares et singulières beautés que les ans ne peuvent altérer. Elle fut une de ces enfants qui ne connaissent pas d'âge ingrat. A huit ans c'était la plus ravissante fillette qu'on puisse imaginer. Cette étrange, cette grave beauté et une grâce sans défaut surpassaient chez elle la joliesse enfantine. Sous une masse de cheveux lustrés, son petit visage d'une grande pureté de ligne, sa bouche sérieuse et arrondie, le dessin encore grêle du menton et du cou émerveillaient. « *Ami est faite à peindre, faite à croquer, faite à manger de baisers* », disait sa grand-mère, quand la vivacité de son émotion et de sa tendresse l'amenait à employer le langage d'une mère française. Lady Midhurst, malgré le regard sec et glacé dont elle observait la vie, se déchaînait absolument sous l'influence exquise de sa petite-fille. Sans toutefois abolir un cynisme aimable, les délices d'amour qui se manifestaient chez elle à la vue de sa pupille était ce qu'un cœur de cette nature et de cet âge pouvait éprouver de plus vrai et de plus tendre. Elle n'aurait pas souhaité, disait-elle, un autre petit-fils que Redgie ni une autre petite-fille qu'Amicia. Son rêve eût été de les élever ensemble — si seulement le père du garçon avait eu le bon goût de quitter cette vie d'une façon discrète... « *Enfin !* disait-elle en français, *on peut toujours espérer !* » Elle était également marraine de ces deux enfants, et tous deux l'adoraient.

L'avenir allait singulièrement rapprocher ces trois foyers si différents, en dépit des liens du sang, mais le tout premier pas s'accomplit en cette année 1849, à la belle saison, chez John Cheyne. La propriété qui lui venait de sa femme comprenait une ravissante maison ancienne couverte de roses, sous des arbres magnifiques dont la verdure commençait à épaissir, car juin approchait. Elle était entourée de vergers, un cours d'eau tranquille la séparait de basses prairies pavoisées du jaune des iris et des fleurs d'eau. Derrière les bâtiments, le terrain s'élevait doucement vers les collines, en ondulations régulières, offrant une succession verdoyante d'immenses pelouses où courait la brise. L'herbe, à la fois résistante et fraîche sous le pied se couvrait à la saison, d'un tapis de coucous. Aux yeux des enfants, c'était un endroit merveilleux. Plus merveilleux encore que Ashton Hildred, l'architecture mystérieuse de ses jardins cloisonnés de murs anciens et ses vergers incomparables où les arbres, veloutés de mousses pâles ou noircies, ressemblaient à des créatures magiques. Malgré la sauvagerie d'un parc invitant aux galopades frénétiques sur ses étendues d'herbe luxuriante. Plus merveilleux, à coup sûr, pour des enfants, que le noble, le magnifique Lidcombe de lord Cheyne, en dépit de ses chasses princières, des admirables hauteurs forestières prolongeant les lieues d'un parc exquis où s'enchâssait un lac, Lidcombe renommé sans égal pour ses promenades à cheval et en mer. Et mille fois plus merveilleux, inutile de le dire, que le domaine du capitaine Harewood ! Etouffé par les forêts sombres, mouillées, Plessey, malgré sa poignante et sévère beauté paraissait toute l'année agenouillé dans les feuilles mortes. Même au milieu du printemps, on aurait dit un peu d'automne traînant encore dans ses terres lourdes où croissaient les plantes parasites. Son premier étage émergeait seul d'un univers hivernal, conservant l'amertume du gel et des brouillards jusqu'au cœur des journées d'août les plus brillantes. C'était miracle, déclarait lady Midhurst, qu'un enfant ait pu être élevé là sans devenir fou ou tomber dans la mélancolie. L'atroce collège choisi par son père était encore préférable à l'horreur de cette humide caverne enfoncée jusqu'aux yeux dans des futaies noires et suintantes, où les taillis d'aulnes et de bouleaux dégoulinaient jusque sur les fenêtres... Elle s'y rendait pourtant trois fois par an, afin d'arracher son petit-fils à l'emprise de son père et de son précepteur...

C'est à la suite d'un de ces séjours que le capitaine Harewood emmena son fils chez John Cheyne, son vieil ami et voisin. Peut-être en était-il venu à penser qu'il ne serait pas mauvais de faire fréquenter d'autres enfants à Reginald pendant les vacances. Celui-ci, devenu de plus en plus difficile à maîtriser en dépit des coups de discipline, commençait à broncher et à se cabrer sous la férule paternelle. Les efforts conjugués du capitaine et du précepteur ecclésiastique qui venait le faire travailler chaque jour, (grâce à l'usage fréquent des verges, ainsi que de très graves et de très ennuyeuses homélies) en venaient à peine à bout. Non que Reginald fût un enfant particulièrement insupportable malgré son impatience et son insubordination. Son père ne l'entendait pourtant pas ainsi. C'est uniquement parce que son garçon devenait toujours plus capricieux et dur, à la suite des séjours de sa grand-mère, qu'il décida de lui faire rencontrer ses cousins.

Vers la fin des vacances donc, il partit à cheval en compagnie de son fils. Frank attendait son visiteur avec une impatience mêlée de crainte. Clara, en apprenant qu'il s'agissait d'un garçon moins âgé qu'elle, ne s'était pas même donné la peine d'apparaître lors de l'arrivée des invités. Les deux cousins commencèrent par s'observer à la dérobée, tandis qu'une grande réserve s'inscrivait sur leurs fronts sévères et leurs lèvres méditatrices. Le nouveau venu était un enfant magnifique. Vif, bien découpé, respirant la force malgré sa minceur, il avait — sous une toison semblable à de la soie brute, formée de boucles courtes et sauvages — un visage ovale où des sourcils et des yeux bien noirs formaient un extraordinaire contraste avec une peau lumineuse légèrement dorée par le soleil, et les cheveux blonds. Sa bouche, dont la lèvre inférieure était rouge et gonflée comme celle d'un adolescent, marquait une telle expression d'impudente et sauvage beauté, que la nécessité des verges dans l'éducation d'un tel sujet sautait aux yeux. Sous le voile d'une lumineuse indolence, ses regards brillaient de défi et de rire. De plus il était bien tourné, déjà élégant dans sa mise, avec cet air de petit homme venu du collège. La cravache qu'il tenait à la main lui apportait visiblement une grande assurance. Les tapotements secs qu'il s'en donnait sur les bottes commencèrent par impressionner l'adversaire qui n'osa formuler aucune question déplacée. Peu d'êtres humains, à l'exception de ceux qui le dépassaient en taille, ne se seraient permis d'accoster Reginald à la légère, lorsqu'il affectait cette attitude.

Après un long silence, et voyant leurs pères absorbés dans une conversation à mi-voix, il daigna pourtant prononcer avec une grave courtoisie ces six mots admirables : « Dis donc, comment t'appelles-tu ? » Envahi par le sentiment de son insignifiance, dépourvu de malice et facile à éblouir, Frank fit part de son nom avec soumission.

— Moi je m'appelle Reginald. Reginald Edward Harewood. Quel âge as-tu ?

Du fond de son abjection Frank avoua ses neuf ans.

— Je m'en serais douté, répondit Reginald Harewood avec une tranquillité glaciale. On voyait assez dans quel mépris il tenait cette époque de la vie, bien que sa froideur fût un peu tempérée par un sens exquis de la politesse. Moi j'ai onze ans — bientôt douze quoi — depuis un mois. Si on allait dehors ?

Une fois la maison quittée, Reginald se montra plus sublime encore. Quiconque (n'ayant pas une demi-tête et deux ans de moins que lui), serait mort de rire rien qu'à le voir franchir la troisième marche du perron. La bienveillance avec laquelle notre ami accueillait le soleil, sa façon conciliante de regarder les roses, sa courtoisie pensive, sa condescendance tranquille face à l'univers passaient la description.

Arrivé à la balustrade qui bordait la belle terrasse ancienne, Reginald malgré tant de dignité, s'y installa à califourchon, non sans manifester par une grimace une curieuse raideur, pendant qu'il cherchait une position favorable à sa petite personne. Tapotant ses dents avec la poignée de sa cravache, il fit à son compagnon la faveur de l'examiner pendant une minute entière. Frank, debout, tordait une branche de rosier d'un air débonnaire.

Le résultat de cette étude tomba avec hauteur, sous la forme interrogative, d'une bouche auguste.

— Dis donc, est-ce que tu as déjà été fouetté ?

— Fouetté ? demanda Frank dont le visage s'empourpra.

— Je dis bien fouetté, répéta Reginald d'une voix assurée. Cinglé quoi, à la verge de bouleau.

— Tu veux dire battu ?

Frank avait du mal à articuler, les mots semblaient difficilement passer ses lèvres.

— Bon, battu, si tu préfères, dit Reginald avec l'impression d'avoir marqué un point. Battu, si tu veux. Mais ce qu'on appelle une rossée sérieuse. Quand un gars dit « battu » ça peut signifier n'importe quoi, des coups de canne ou d'étrivière. L'expression est moche. Appelle-ça être battu, si tu veux, je ne dis pas : seulement pas avec des types qui ont été en boîte ; crois-moi. Avec moi ça n'a pas d'importance...

Abandonnant ces subtilités linguistiques pour en revenir au grand sujet, Reginald renouvela l'unique, l'importante question sous une forme légèrement modifiée, mais avec un ton résolu qui, malgré sa courtoisie, ne laissait pas d'échappatoire.

— Est-ce que ton père te bat souvent ?

— Je n'ai jamais été battu de ma vie, avoua Frank, profondément sensible à son abjection.

Peu de choses pouvaient encore surprendre Reginald qui connaissait la vie, et qu'une expérience durement acquise avait prémuni contre l'inattendu. Cette monstrueuse, cette incroyable affirmation lui porta néanmoins un tel coup qu'il chancela. Il descendit de la balustrade, appuya ses épaules contre le parapet de pierre et, les sourcils remontés jusqu'au milieu du front, les yeux écarquillés, contempla le phénomène pour lequel la correction physique ne représentait qu'un mythe vague, obscur, une menace facétieusement lancée dans un moment de bonne humeur. Puis, avec un sifflement bas, et en séparant les deux termes il proféra :

— ...Bon... Dieu...

Piqué au vif par l'ébahissement de son aîné, mis au supplice par son silence, Frank se jeta à l'eau.

— Et toi ? demanda-t-il avec effroi.

C'est alors que, redressant les épaules et levant les yeux, Reginald Harewood entonna son péan. Il convient d'excuser certains de ses sentiments filiaux en considération de sa jeunesse et de son désir d'exactitude. Quand un sujet leur tient à cœur, les garçons sont affreusement précis dans le choix de leurs épithètes. Reginald s'excitait aisément lorsqu'il abordait un sujet aussi personnel et aussi brûlant.

— Ah ! la la, tu parles. Tu aurais dû me voir hier, mon pauvre vieux. J'ai reçu la correction deux fois dans la matinée. Mon père est un affreux sauvage. Il adore me fouetter. Parole. Comment vas-tu te débrouiller à ton arrivée au collège. Je me le demande. (Pause). Dieu seul le sait (ceci pieusement, d'une manière réfléchie, empreinte de pitié). Tu vas gueuler, Nom de Dieu, ce que tu vas gueuler la première fois ! Moi aussi d'ailleurs j'ai crié, et ça m'arrive encore quelquefois. Parce que ça cingle drôlement. Mais à présent, j'ai de l'endurance. Mon père, au troisième ou au quatrième coup il fait saigner. C'est comme si tu avais un essaim de guêpes au chose. A l'école si tu te cabres, si tu tressailles seulement, si tu fais des manières, c'est trois coups supplémentaires. A ton âge c'est ce qui m'arrivait régulièrement. Les gars passaient leur temps à rigoler et à se ficher de moi. Pas les petits bien sûr, ou alors je les aurais assommés. Je préfère ne pas te raconter ce qu'un grand a fait une fois à un garçon, ça t'empêcherait de dormir.

— Oh s'il te plaît, raconte, s'écria Frank qui vibrait de la tête aux pieds. Les confidences de Reginald lui ôtaient le souffle. Envahi d'une révérence brûlante, il voyait s'entrouvrir devant lui le Manuel du Parfait Collégien. Quant à ressentir de la pitié, il n'aurait pas davantage envisagé de plaindre César sous la couronne impériale.

— Non, répondit le jeune homme au fait des choses de ce monde, en secouant délicatement ses boucles, non. Je ne suis pas de ceux qui aiment effrayer les enfants, je trouve que c'est moche de leur donner les foies pour le plaisir. Il y en a qui passent leur temps à ça, histoire de rigoler. Moi, non. Jamais. Non, mon cher, n'insiste pas je t'en prie, tu le regretterais.

Et Reginald, éprouvant un délicieux plaisir à suçoter la poignée de sa cravache, contempla cet univers dépourvu de secrets.

— Oh raconte, supplia le plus jeune, ça ne me fera rien. Je suis déjà très au courant... enfin j'ai lu des histoires... Je sais déjà des choses horribles. Ça ne me fait ni chaud ni froid.

— Eh bien, mon petit, puisque tu insistes... seulement il ne faudra pas m'en vouloir si tu as des cauchemars, hein ? Au collège il y a un gars qui s'est enfui après avoir entendu l'histoire que je vais te raconter. Parole.

Et Reginald, avec une effroyable onction, entreprit le récit de certains épisodes détaillés (apocryphes ou approuvés par les conciles) de la Légende Dorée des Petites Classes. Aucune description ne saurait rendre la riche, la sensuelle saveur de certains mots dans sa bouche. Il parlait d'entailles comme on déguste une liqueur, et donnait à ce terme technique, « fouetter », une lenteur, un souffle prolongé qui permettait d'entendre le sifflement de la branche de bouleau, et le coup sec de la fin. Le garçon se faisait gloire des raclées qu'il avait reçues et se délectait, comme certains connaisseurs mentionnent et discutent de grands crus, à parler de flagellation.

En terminant, il scruta Frank jusqu'au fond des yeux, puis haussa les épaules.

— Je t'avais bien dit que tu n'aimerais pas ça. Tu es tout vert, ma parole. C'est ta faute mon bon. Je suis vraiment désolé. Certains sont trop délicats, je sais. J'étais sûr, rien qu'à te voir, que tu ne pourrais pas le supporter. Je l'aurais parié. C'est une chose que l'on a en soi ou non, ce n'est pas de ta faute, je dirai même que tu ne manques pas d'audace, mais ce sont les nerfs qui flanchent, vois-tu. Ce n'est pas exactement que tu sois froussard : certaines choses sont trop fortes pour toi, admets-le.

Et ici Reginald essaya d'étouffer l'aveu d'un ricanement discourtois en se donnant sur les jambes un coup de fouet si sec que son jeune ami tressaillit.

— Ah, tu vois, tu bronches comme un cheval. Tiens, prends seulement mon fouet et donne-m'en un bon coup, aussi fort que possible. Essaie. Ça m'intéresse. Allez, fais ce que je te demande, sois chic. J'aimerais savoir si tu es capable de me faire mal. Frappe fort, hein ? Allez, vas-y, ajouta-t-il en se tournant et en présentant la partie la plus charnue de son individu.

Le vers de terre écrasé se révulsa et se dressa. Rendu d'autant plus enragé par le ton protecteur de Reginald que ce dernier lui inspirait une admiration éperdue, Frank ne laissa pas passer l'occasion offerte. Il visa la cible avec le plus grand soin, serra les dents, prit son élan, et du corps tout entier il administra, là où l'étoffe était le mieux tendue, avec toute la vigueur, la fureur méchante dont il était capable, un coup magistral.

Le bond qu'exécuta Reginald et le cri qu'il poussa furent pour Frank comme une gorgée de nectar. Une minute plus tard pourtant, et avant même que ce dernier ait eu le temps de reprendre sa respiration, Reginald s'était retourné et, tout en se frottant énergiquement d'une main, donna une tape sur l'épaule de l'autre en laissant tomber un « Bien joué » plus cuisant à recevoir qu'une douzaine de coups. Frank succomba, éperdu de reconnaissance, à l'égard de celui qui venait de lui faire gagner des mois d'expérience. Reginald, heureux de son côté de l'impression qu'il avait produite, se sentit enclin à l'indulgence, alla jusqu'à s'engager à ne pas ignorer son cousin lorsque celui-ci arriverait à son tour à Eton.

A l'heure du déjeuner Redgie, d'un regard perçant de connaisseur, jaugea la sœur de son ami et en sembla satisfait. Il lui vint même une attitude toute nouvelle, modeste, retirée, en découvrant qu'au regard d'une jeune personne de treize ans on traitait de haut, et sans qu'il soit question de rapports d'égalité, un individu de onze ans. Pendant ce temps sous des paupières battantes, Frank dévorait des yeux la physionomie de l'épouvantable capitaine Harewood entre les mains duquel, en lieu de fourchette et de couteau, il imaginait les ployantes verges de bouleau, aux bourgeons et aux ramilles déchiquetées, dégoulinantes de sang filial.

Lorsque les garçons se retrouvèrent seuls, Redgie fut heureux de donner libre cours aux sentiments que lui avaient inspirés les mérites de la sœur de Frank : tribut qui fut accepté avec plaisir. Elle était assez fantastique pour une fille, reconnut le frère, mais il prit grand soin de n'en faire aucun éloge déplacé.

— Moi aussi j'ai une sœur, remarqua Reginald, il paraît même qu'elle est souffrante, mais je ne la connais pas. La tienne, en tout cas, est ce que j'ai vu de plus époustouflant. J'en connais des filles (le sous-entendu qui chargeait son ton était, comme aurait dit lady Midhurst, *impayable*) mais je n'en ai jamais rencontré une aussi époustouflante qu'elle. Elle rend un gars tout chose, complètement gaga.

Cette confidence amoureuse fut interrompue par la brusque apparition des deux pères, et le malheureux enfant rougit cruellement jusqu'à la racine des cheveux. Lorsque les visiteurs prirent congé devant la porte d'entrée, une vingtaine de minutes plus tard, Redgie fit à son ami un clin d'œil accompagné d'une mimique expressive à la fois comique et navrée, tellement suggestive du triste sort qui l'attendait, et de l'inévitable cérémonie qui se déroulerait à leur retour, que Frank, après l'avoir vu s'éloigner en trottant silencieusement un peu en arrière de son père, rentra en frissonnant, en proie à une vision vague et horrible des cuisses nues de Reginald raidies quelques heures plus tard sous la torture.

Aucune intimité ne se développa pourtant à la suite de cette première rencontre. Cela ne fut qu'un intermède enfantin, tout juste suffisant pour créer entre les deux cousins, lorsqu'ils se retrouvèrent au collège, un lien fragile. Cette entrevue laissa néanmoins une empreinte, d'un côté comme de l'autre, comme nous en jugerons par ce qui s'ensuit.

Voici donc, rapidement esquissées, les situations respectives des protagonistes qui, douze ans plus tard, échangeront ces lettres. Leurs personnalités, leurs liens de famille, maintenant suffisamment ébauchés, nous éviterons d'intercaler explications ou commentaires, car il se passera peu de choses pendant cette année de correspondance, d'où la nécessité d'être clair.

Il ne me reste qu'à mentionner les événements survenus entre 1845 et 1861.

Deux décès et deux unions ont eu lieu. Le vieux lord Cheyne, unanimement regretté par les hommes de cœur et les amis de la vertu, est mort après s'être dévoué jusqu'au dernier souffle à la cause de l'humanité souffrante. Son fils, considérablement assagi par le passage des ans, a épousé en mai 1859, un peu moins d'un an après sa prise de possession du titre et des domaines Cheyne, la fille de Madame Stanford, le jour des dix-huit ans de celle-ci.

Prématurément disparu avant son frère aîné, John Cheyne a pourtant eu la joie de contempler l'excellent établissement de sa fille Clara, mariée à Ernest Radworth. La renommée d'homme de science de ce dernier n'a cessé de grandir depuis qu'à sa majorité, en 1853, il est entré en possession des propriétés et de la fortune de son père. Ses recherches en ostéologie présentent un intérêt certain, et sa place dans la société provinciale est déjà éminente.

Quelques mots encore pour dire que Francis Cheyne n'a pas encore terminé ses études à Oxford, qu'il se destine au Droit, n'étant pas riche. Quant à son vieux camarade Reginald Harewood, sa course folle vient de prendre un tour nouveau. A sa sortie d'Oxford, le poids d'examens malencontreux s'est ajouté à l'opprobre déjà accumulé sur sa tête proscrite, si bien que ses amis — à l'exception de lady Midhurst — commencent à désespérer de lui.

ISBN : 2-7291-0518-2

ACHEVÉ D'IMPRIMER
EN MARS 1990
SUR LES PRESSES DE
L'IMPRIMERIE SZIKRA
90200 GIROMAGNY